중국고전입문

중국고전입문

안성재 지음

어문학사

머리말

　　본 저서는 필자가 북경대학 고전문학반 석사 및 박사시험을 준비할 때와 재학 시에 정리한 자료들, 그리고 중국고전문학 강의를 맡으면서 준비한 자료들을 기초로 만든 것이다. 중국고전문학이라 함은 선진(先秦)시대부터 청대 말기 아편전쟁 이전에 이르기까지의 문학에 대한 통칭이므로, 시간적으로나 전적(典籍)들의 양으로 봐도 그야말로 너무나 방대한 범위라 할 수 있다. 이는 일개인이 섭렵하기에는 힘에 부칠 뿐더러, 사실상 문학의 각 분야가 요구하는 전문적인 지식수준에도 어느 하나 미치기가 어려움을 토로할 수밖에 없다. 다만, 필자 개인의 지식수준이 허락하는 범위에서 중국고전문학이라는 "빙산"을 23개의 주제로 나누어 제시함으로써 중국고전에 관심을 갖고 이해하고자 하는 독자들에게 방향을 제시하고자 한다. 여기에는 각 주제에 대한 기본적인 내용정리와 그간의 학문적 연구 성과 및 필자의 개인 소견이 다소 포함되어 있다.

물론 23개의 주제가 이 저서에 소개되지 않은 다른 작가나 작품들보다 더 중요하기 때문에 이들을 중심으로 전개한 것은 결코 아니다. 다만 이 23개의 주제가 중국고전을 이해하는 데 반드시 필요할 뿐 아니라, 이들을 섭렵하지도 않고 다른 주제로 나아가는 것은 사실상 올바른 순서가 아니라는 필자의 견해 때문에 그러한 것이니 제(諸) 학자들의 너그러운 양해를 구하는 바이다.

아울러 필자의 석사 지도교수이신 Fei, zhen gang(費振剛) 교수님과 박사 지도교수이신 故 Chu, bin jie(褚斌杰) 교수님께 깊은 존경과 감사의 마음을 담아 이 책을 바치고자 한다.

또한 사랑하는 부모님, 아내와 현준, 예진이, 본 졸고를 위해 바쁜 와중에도 아낌없는 조언을 해 주신 이성호 선배님, 출판을 허락해주신 윤석전 사장님께도 깊은 감사의 마음을 전한다.

2011년 3월
안성재

차례

차례

1장

시경

(詩經)

중국에서 가장 오래된 시집, 『시경(詩經)』

1. 중국 최초의 '시가총집'

『시경』의 작품 편수는 총 311편이다. 이 가운데서 6편은 제목만 있으니, 그 실제 편수는 305편으로, 주나라 초기(B.C.11세기)~춘추시대 중기(B.C.16세기)까지의 작품들이다. 그래서 예로부터 『시경』은 흔히 『시 삼백』으로 불렸으며, 혹은 단지 『시』로만 불리기도 했다. 『시경』은 이처럼 삼백여 편으로 이루어진 중국 최고(最古)의 시집이다. 『시 삼백』은 유학(儒學)의 창시자인 공자(孔子)가 대대적으로 찬양하였고, 학생을 가르칠 때 가장 중요한 교재의 하나로 채택하였으며, 또한 직접 그 손으로 편집하였다 하여, 한대(漢代)에 이르러 儒學(유학)의 경전(經典)으로 편입되며, 당대(唐代)에 이르러 오경(五經)에 포함되면서 드디어 『시경』으로 불리게 되었다.

2. 황하유역의 중원 지방이 중심이 된 북방문학

중국은 黃河(황하)를 북쪽, 長江(장강=양자강)을 남쪽의 기준으로 삼는다. 『시경』은 황하지역을 중심으로 하는 中原(중원)지역의 작품들로, 주로 당시의 현실사회를 노래하였기에 북방문학의 대표 또는 사실주의 문학의 대표로도 일컬어진다.

3. 4언 위주의 형식[1]

하나의 시구(詩句)가 네 글자로 이루어진 것으로, 『시경』에서 가장 보편적으로 보이는 형식이다. 하지만 이밖에도 경우에 따라 글자 수에 변

---

1 중간 중간에 2, 3, 4, 5, 6, 7언(言)의 구들을 섞어 쓰기도 함.

동이 있는 경우도 종종 찾아볼 수 있다.

작가 및 편찬 과정

① **공자 산시설(孔子刪詩說)** : 본디 3,000여 편이었던 작품들을 공자가 지금의 『시경』으로 편찬했다고 주장하는 학설. 오늘날 받아들여지지 않음.

② **채시설(采詩說)** : 각지의 민가를 채집하여 왕이 민심을 읽게 하였다고 주장하는 학설

③ **헌시설(獻詩說)** : 귀족계급들이 만들어 바쳤다고 주장하는 학설

④ **작시설(作詩說)** : 고대 성현들이 창작했다고 주장하는 학설

그럼 이 삼백여 편은 어떻게 모아졌는가? 여기에 대해서는 여러 설이 있는데, 그 주요한 것이 바로 나라에서 민간의 시를 채집하였다는 채시설(采詩說)이다. 『한서(漢書)·예문지(藝文志)』에 "옛날에 시를 채집하는 벼슬아치가 있었고, 왕은 이 채집된 시들을 통해서 풍속을 관찰하고 자신이 행한 정치의 득실을 알아서 스스로 바로잡았다" 하였다. 이외에도 공경대부를 위시한 벼슬에 있던 자들로 하여금도 시를 바치게 하였다고도 한다.

한편, 원래 채집된 시 편수는 수천 편을 상회하였으나 공자(孔子)의 산거(刪去)에 의한 정리를 통해서 지금의 삼백여 편의 모습을 갖추게 되었다는 산시설(刪詩說)이 있는데, 이의 사실 여부에 대해서는 아직도 설이 분분하다. 오늘날 『시경』은 위에서 말한 학설 중 어느 하나가 아니라 다양한 과정을 통해 이루어졌다고 인식되고 있다.

『시경(詩經)』의 체제

1. 시의 분류와 개수

① 風(160수) : 周南(11) 召南(14) 邶風(19) 鄘風(10) 衛風(10) 王風(10) 鄭風
  (21) 齊風(11) 魏風(7) 唐風(12) 秦風(10) 陳風(10) 檜風(4) 曹風(4) 豳風
  (7)

② 雅(105수) : 小雅(74) 大雅(31)

③ 頌(40수) : 周頌(31) 魯頌(4) 商頌(5)

2. 육의(六義)

① 내용에 따른 분류(목차) : 풍(風), 아(雅), 송(頌)

② 표현에 따른 분류(창작 기교) : 부(賦), 비(比), 흥(興)

풍(風) · 아(雅) · 송(頌)

- 풍(風) : 15개 제후국의 160수의 민간가요 = 15국풍(國風)
- 아(雅) : 주 왕조 도읍부근의 105수의 악가(樂歌)
- 송(頌) : 국왕이 절에서 제사를 지낼 때 사용하는 악장으로, 조상의 공
  적과 귀신의 위령을 칭송

1. 풍(風)

일반 백성들의 정서를 반영한 민간가요가 다수(多數) 있다. 하지만 귀
족들의 창작으로 평가되는 작품들도 적지 않다. 15개 제후국에서 수집
한 작품 160편으로 구성되었다. 당시 사회 모습을 사실적이고도 소박하
게 반영하였으며, 특히 당시 일반 백성들의 생활을 현실주의적으로 진

실하게 반영한 작품들은 그 문화적 가치가 높다.

주된 내용은 남녀 간의 사랑, 현실생활 등을 풍자하고 묘사한 것이다.

⊙ 석서(碩鼠)

碩鼠碩鼠	큰 쥐 큰 쥐야
無食我黍	내 곡식 먹지 마라
三歲貫女	오래도록 너와 익숙하게 지냈거늘
莫我肯顧	내 형편을 돌아보려 하지 않으니
逝將去女	이제 곧 너를 떠나서
適彼樂土	저 낙토로 가리라
樂土樂土	낙토 낙토여
爰得我所	거기서 사람답게 살아가리라

감상 위풍(魏風)에 속해 있다. 탐욕스럽고 잔혹한 위정자를 큰 쥐에 견주었다. 이른바 낙토는 선경(仙境)도 이상향도 아니다. 바로 큰 쥐 같은 자가 없는 곳이다. 힘써 일하면 그 대가로 사람답게 살아갈 수 있는 세상이다.

⊙ 척호(陟岵)

陟彼岵兮	저 산에 올라서
瞻望父兮	아버지 계신 곳 바라본다
父曰嗟予子	아버지 이르시길, 아아 내 아들아
行役夙夜無已	부역이 밤낮 끊임이 없겠구나
上愼旃哉	부디 몸조심하여
猶來無止	살아서 돌아오너라

감상 위풍(魏風)에 속해 있다. 전국시대에는 한 번 부역에 나서면 살아서 돌아온다는 보장이 결코 없었다. 그래서 떠나는 아들 손잡고 아버지가 저처럼 말한 것이다. 부역하는 곳의 산에 올라 아버지 계신 머나먼

고향 바라보면서 그때의 아버지 당부를 떠올린 아들의 마음은 어떠했을
까?

⊙ 풍우(風雨)

風雨凄凄   비바람 쌀쌀하게 치거늘
雞鳴喈喈   닭이 꼬끼오 하고 운다
旣見君子   이미 군자를 만났으니
云胡不夷   어찌 마음 편치 않으리오

감상 정풍(鄭風)에 속해 있다. 한 여인이 남 눈이 보지 않는, 그것도 비
바람 쌀쌀히 치는 새벽녘에 사랑하는 남자를 만나서 그 기쁨을 노래한
것이다. 시 속의 군자(君子)는 여러 의미가 있지만, 여기서는 '사랑하는
님'의 뜻으로 쓰였다. 계명(雞鳴)은 새벽녘에 닭이 우는 것이다. 새벽별
을 계명성(雞鳴星)이라고 하는 소이이다. 이러한 남녀 간의 사랑과 결혼
에 대한 노래는 예전에는 특히 음시(淫詩) 혹은 남녀상열지사(男女相悅之
詞)라 하여 그 가치를 깎아내렸으나, 지금은 오히려 『시경』의 정화(精華)
로 평가되고 있다.

⊙ 정녀(靜女)

靜女其姝   얌전한 아가씨 예쁘기도 하니
俟我於城隅   성 모퉁이에서 날 기다리기로 했거늘
愛而不見   사랑하는데도 보이지 않는지라
搔首踟躕   머리 긁적이며 머뭇머뭇거린다.

감상 패풍(邶風)에 속해 있다. 서로 사랑하는 남녀가 성 모퉁이 남 눈에
잘 뜨이지 않는 곳에서 만나기로 했는데, 여인이 아직 오지 않은지라, 남
자가 어찌된 일인가 하고 머리를 긁적이며 이 생각 저 생각하면서 머뭇
머뭇 서성거리고 있다. 그 초조한 마음, 눈에 선하지 않은가?

⊙ 모과(木瓜)

投我以木瓜	나에게 모과를 던져줌에
報之以瓊琚	옥돌로 보답했건마는
匪報也	보답했다고 여기지 않음은
永以爲好也	길이길이 좋아하고자 함이네

감상 위풍(衛風)에 속해 있다. 연인 중 한쪽에서 모과를 던져주니 상대가 귀한 옥돌로써 답례하였건마는 그렇다고 여기지 않는 것은 길이길이 좋아하고자 하여서라고 하고 있다. 사랑한다면 받는 것보다 주는 게 오히려 행복하다고 한다. 정말로 사랑하는 자가 아니라면 어찌 이런 노래를 하였겠는가?『시경』국풍의 연가(戀歌)는 이처럼 진솔하다.

2. 아(雅)

중원 일대에 유행하여 조정에서 숭상되던 정악(正樂).

소아(小雅), 대아(大雅)로 나뉘어짐.

→ 아(雅)는 정(正)의 의미이니, 즉 정악(正樂)의 노래이다. 풍(風)에 비해 조정(朝廷)의 공경대부들의 제사 및 연회에 관한 것이 많으므로, 조정의 악가(樂歌)라고도 한다.

①소아 : 총 74편이며(제목만 있는 6편을 포함하면 80편) 잔치하고 즐길 때의 음악.

→ 하지만 현실을 비판하고 상란(喪亂)을 반영한 시도 적잖다. (=통치계층의 착취와 백성들의 분개를 표출함으로써, 대중적 색채가 강함)

⊙ 초지화(苕之華)

苕之華	능초꽃이 피었는데
芸其黃矣	그 색이 노랗구나
心之憂矣	마음에 시름이 있으니

維其傷矣	슬프구나
苕之華	능초꽃이 피었는데
其葉靑靑	그 잎은 푸르네
知我如此	이럴 줄 알았더라면
不如無生	차라리 태어나지 말 것을
牂羊墳首	암양은 야위어 머리만 커다랗고
三星在罶	삼성(參星)은 텅 빈 통발을 비추니
人可以食	사람들이야 먹기는 하다만
鮮可以飽	배불리 먹는 이는 드물다네

감상 소아·어조지십(小雅 魚藻之什)에 속해 있다. 이 작품은 흉년이 들어 기근에 시달리는 백성들의 고통을 노래하였는데, 당시의 생활이 얼마나 힘들었으면 차라리 태어나지 말 것을 그랬다고 노래했겠는가!

⊙ 하초불황(何草不黃)

何草不黃 何日不行	어느 풀인들 시들지 아니하고 어느 날인들 가지 않으리오
何人不將 經營四方	어떤 사람인들 분주히 뛰며 사방을 경영하지 않으리오
何草不玄 何人不矜	어느 풀인들 시들지 아니하고 어느 사람인들 홀아비가 되지 않으리오
哀我征夫 獨爲匪民	슬프도다 우리 부역 가는 사내들은 홀로 백성이 아니란 말인가
匪兕匪虎 率彼曠野	뿔소도 아니며 범도 아니거늘 광야를 달리는구나
哀我征夫 朝夕不暇	슬프도다 우리 부역 가는 사내들이여 아침저녁으로 고달프도다
有芃者狐 率彼幽草	털이 덥수룩한 여우가 깊은 풀 속을 헤치고 가는구나
有棧之車 行彼周道	높은 장막을 친 수레는 대로를 분주히 달리는구나

감상 소아·어조지십(小雅 魚藻之什)에 속해 있다. 이 작품은 노역 나가는 사내들의 애달픈 심정을 노래한 작품으로, 당시 전쟁을 일삼은 지배계층을 신랄하게 비판하고, 백성들을 동정한 작품이다.

② 대아 : 총 31편이며, 조회(朝會)에 사용되던 음악으로, 주(周)나라 민족의 역사를 통한 축복과 훈계를 노래한 가사.
- **가창(歌唱)의 대상** : 통치계층
- **주된 내용** : 귀빈 접대, 제후에게 상(賞)을 하사, 병사 위로

3. 송(頌)

송은 형용(形容) 또는 모습이라는 용(容)과 상통하는 것으로, 노래에 춤을 겸한다는 뜻. "송"의 내용은 제사 지낼 때 신을 찬양하거나 조상들의 은덕을 찬송하는 것. 주송(周頌)과 노송(魯頌), 상송(商頌)으로 구성.[2]

① **주송(周頌)** : 서주(西周) 초기에 생겨난 것으로, 주(周) 왕조의 종묘 제사에 사용된 가무곡(歌舞曲).

② **노송(魯頌)** : 춘추(春秋) 전기(前期) 노(魯)나라에서 조상과 하늘에 제사를 지낼 때 사용된 음악.

③ **상송(商頌)** : 춘추 전기 송(宋)나라에서 조상과 하늘에 제사를 지낼 때 사용된 음악.

→ 상송(商頌)은 애초에는 하(夏), 상(商), 주(周) 삼대(三代)의 하나인 상(商)나라의 음악으로 여겨졌으나, 뒤에 상나라의 후손들이 세운 송(宋)나라의 음악임이 밝혀졌다.

---

2 삼송(三頌) : 주송(周頌), 노송(魯頌), 상송(商頌)

부(賦)·비(比)·흥(興)

① 부(賦) : 대상을 수식기교 없이 직접적으로 서술하는 것.

② 비(比) : 읊으려는 대상을 단순히 비유적으로 표현하는 방식.

③ 흥(興) : 암시(暗示) 또는 비유(比喩)를 통해 작품의 주제(主題)를 표현
하는 방식.

　→ 흥(興)이 "읊으려는 것을 연상시키는 사물을 먼저 끌어들여 표현하는 방
식"이라고 주장하는 학설이 있으나, 이는 『모시전(毛詩傳)』, 『정전(鄭傳)』, 『공
소(孔疏)』의 "比, 興"에 대한 구체적 사례(事例)들에 부합되지 않는다. 이제 간
단한 예를 들어 부, 비, 흥의 개념 이해를 돕고자 한다.

예문 • 철수는 어제 영희네 집에 놀러갔다.

　　　賦 : 이 문장에서는 어떠한 수사기교도 사용되지 않고 사실 그
　　　대로를 진술하고 있다.

　　• 영희네 집은 마치 궁궐과 같았다.

　　　比 : 이 문장에서는 '영희네 집'을 '궁궐'에 빗대어 표현하였다.

　　• 철수는 커서 영희와 결혼해야겠다고 마음먹었다.

　　　興 : 이 문장에는 철수의 생각을 드러냄으로써, 전체 내용의 주
　　　제의식을 비유적으로 표현하였다.

『시경(詩經)』의 예술적 특징

　작품의 내용으로는 정치뿐만 아니라, 사회, 경제, 외교, 문화, 군사 등
모든 방면에 걸쳐 관련이 있다.

1. 당시(當時) 사회생활 속의 보편적인 일이나 감정을 사실적으로 노래
하고 있어 그 내용이나 표현이 소박함.

2. 일정한 시형(詩型)이나 구격(句格)이 없음.

3. 묘사의 기법이 지극히 소박하며, 시구(詩句)를 중복하여 여운이 김.

4. 상징적이면서도 구체적인 묘사방법을 사용하고 추상적(抽象的)인 말
은 피함.
> → 이는 부(賦), 비(比), 흥(興) 기법을 적절히 운용하였음을 의미한다.

5. 쌍성(雙聲), 첩운(疊韻), 첩자(疊字) 등을 사용. 시가(詩歌)의 서정성과
언어의 표현력을 강화시키고 음운상의 지극한 아름다움을 추구.
> → 쌍성(雙聲)은 두 글자로 된 한자어(漢字語)에서 각 글자의 첫 자음(子音)이
> 같은 것을, 첩운(疊韻)은 운(韻)이 같은 것을, 첩자(疊字)는 같은 글자를 반복
> 해서 쓴 것을 말하는데, 쌍성의 예로는 '청춘(靑春)', 첩운으로는 '소요(逍遙)'
> 나 '혼돈(混沌)', 그리고 첩자의 예로는 '처처(淒淒)'와 같은 단어들이 있다.

후대에 미친 영향

1. 그 시대의 문화와 풍속, 백성들의 생활상이나 정치 경제 등등의 모든
분야를 작품 내용에서 다루고 있어 그 시대를 알 수 있음. 따라서, 현
실주의 시가작품 창작의 기초이자 전범(典範)이 된다고 할 수 있음.

2. 후세의 4언, 5언, 7언시(言詩)나 부(賦)등은 모두 『시경』으로부터 영향
을 받았고 산문이나 그 외 문학에까지 영향을 줌.

3. 각 지방에 유행하던 민요와 사대부 및 귀족 왕실 사이에 불리던 노래
가사가 실려 있어 다른 어떤 자료보다도 그 시대 사람들의 생활 감정
이나 사회상을 잘 나타내고 있음. 특히 서민들이 살아가며 느끼던 기
쁨과 즐거움 및 슬픔과 괴로움이 담겨 있고, 한편으로는 지배 계층의
교육 문화 정치 등 사회 각 방면에 걸쳐 의식도 잘 드러냄.

2장

십삼경
(十三經)

유가사상의 십삼경(十三經)

1. 유가사상(儒家思想)의 가장 중요한 경서(經書) 13종의 총칭.

『주역(周易)』, 『서경(書經)』, 『시경(詩經)』, 『주례(周禮)』, 『예기(禮記)』, 『의례(儀禮)』, 『춘추좌씨전(春秋左氏傳)』, 『춘추공양전(春秋公羊傳)』, 『춘추곡량전(春秋穀梁傳)』, 『논어(論語)』, 『효경(孝經)』, 『이아(爾雅)』, 『맹자(孟子)』로 구성.

2. 형성과정 : 한대(漢代) 『詩』, 『書』, 『易』, 『禮』, 『春秋』를 학관(學官)에 세우고 오경(五經)이라고 칭하였는데, 당대(唐代) 『周禮』, 『儀禮』, 『公羊』과 『穀梁』을 더하여 구경(九經)이 되었다가, 후에 또 『孝經』, 『論語』 및 『爾雅』를 더해 12경이 됨. 송대(宋代)에 이르러 『孟子』를 더함으로써 오늘날의 13경의 호칭이 생겨나게 됨.

이들 경서는 해당 학파에 따라 별도로 발달한 것이지만, 후에 유가사상을 통일적으로 파악하려는 경향이 생겨, 총괄적으로 '십삼경'으로 부르게 됨.

1) 『역경(易經)』

1. 점복(占卜)을 위한 원전(原典)과도 같은 것.

2. 우주론적 철학 : 흉운(凶運)을 물리치고 길운(吉運)을 찾기 위한 처세철학이자 일종의 지혜.

3. 주역(周易)이라고 하기도 함. [주(周)나라의 역(易)]

→『주역』은 줄여서 '역', 높여서 '역경'으로 일컫기도 한다. 『주역』의 작자에 대해서는 예로부터 이설(異說)이 분분하였으나, 통상 상고시대의 복희씨(伏羲氏)가 황하(黃河)에서 나온 용마(龍馬)의 등에 그려진 하도(河圖)에 의거해서 팔괘(八卦)와 육십사괘(六十四卦)를 그렸고, 주(周)나라 문왕(文王)이 이를 풀이하여 괘사(卦辭)를 짓고, 주나라 주공(周公)이 괘를 이루는 효(爻)에 대한 효사(爻辭)를 짓고, 후에 공자(孔子)가 이상의 것에 대해 보충설명을 가한 십익(十翼)을 지었다고 이야기되어 진다. 우리가 지금 보는 『역』은 이처럼 주나라 때 완성되었으므로 『주역』으로 부르기도 하는 것이다.

4. 易(역) : 변역(變易)이라는 의미로 "변하다" 혹은 "바뀌다"라는 뜻을 내포. 다시 말해서, 이 서적은 천지만물이 끊임없이 변화하는 자연현상의 원리를 설명하고 풀이한 것.

2)『서경(書經)』

1. 중국 傳統散文(전통산문)의 근원.

2. 총 58편으로 구성.

3. "尙書(상서)"라고도 함.

→『서경』은 『서(書)』 혹은 『상서(尙書)』로도 불린다. 이때의 '尙'은 '오래다' 혹은 '숭상하다'의 의미로 새겨지는데, 전자를 따르면 '상서(尙書)'는 상고시대의 '오래된 글'이라는 뜻이며, 후자를 따르면 그 내용이 좋아서 '숭상할만한 글'이라는 뜻이다. 두 가지 의미를 합쳐서 '숭상할만한 오래된 글'로 보아도 무방할 듯하다.

『서경』은 이와 같이 숭상할만한 오래된 옛글이었기에, 공자는 『시경』과 함께 학생들에게 늘 가르쳤고, 중국 전통사회 내내 신성불가침의 경전(經典)으로 받들어졌던 것이다.

4. 이제삼왕(二帝三王)[1]의 정권의 수수(授受), 정교(政教) 등의 기록으로, 고대의 역사적 사실이나 사상을 아는 데 중요한 서적.

5. 당시의 사관(史官) 사신(史臣)이 기록한 것을 공자가 편찬했다는 설(說)이 있음.

중요 구절

⊙ **改過不吝**(개과불린) : 허물을 고치는 데 인색하지 마라.

'改過不吝' 이 말은 『서경·중훼지고(仲虺之誥)』에서 상나라 탕(湯) 임금의 덕을 설명하는 곳에 나오는데, 좀 더 살펴보면 다음과 같다.

> 왕께서는 음탕한 음악과 여색을 가까이 하지 않으시고, 사사로운 재물을 불리지 아니하셨으며, 그 사람 덕이 성대하면 그 사람에게 관작을 성대하게 내리시고, 그 사람 공적이 성대하면 그 사람에게 상을 성대하게 내려주셨으며, 사람을 등용하면 제 몸처럼 아끼시고, 허물을 고침에 조금도 머뭇거림이 없으시어서, 참으로 관대하시고 참으로 인자하시어서 억조창생의 신뢰를 받았습니다.
> (惟王不邇聲色, 不殖貨利, 德懋懋官, 功懋懋賞, 用人惟己, 改過不吝, 克寬克仁, 彰信兆民。)

『서경』의 글들은 이처럼 그 내용이 높일만한 것이지만, 한편으로는 얼마 되지 않는 글자로써 그 속에 몹시도 함축된 내용을 담았기에 예로부터 그 해석이 난해하고 구구하였으니, 당대(唐代)의 한유(韓愈) 같은 고문(古文) 대가도 그 해석의 어려움을 실토하였다.

---

1 당요(唐堯), 우순(虞舜), 하우(夏禹), 은탕(殷湯), 주문왕과 주무왕(周文王, 周武王)

⊙ **愼終于始**(신종우시) : 끝을 잘 지으려면 처음부터 신중해야 한다.

'愼終于始' 이 말은 『서경・태갑하(太甲下)』에서 이윤(李尹)이 당시 폭군이었던 태갑(太甲)을 설득하기 위해, 상나라 탕(湯) 임금의 덕을 설명하는 곳에 나오는데, 좀 더 살펴보면 다음과 같다.

민생의 일을 가벼이 여기지 마시고, 민생의 어려움을 아셔야 합니다. 임금의 지위를 안전하다 여기지 마시고 안전함 속에서도 잠재적인 위태로움을 생각하셔야 하니, 처음부터 끝까지 매우 조심스럽고 신중하여야 합니다.

(無輕民事惟難, 无安厥位惟危, 愼終于始。)

⊙ **非知之艱, 行之惟難**(비지지간, 행지유난) : 앎이 어려운 것이 아니라 그것을 행함이 어렵다.

'非知之艱, 行之惟難' 이 말은 『서경・설명중(說命中)』에 나온 구절로, 은고종(殷高宗)이 전설(傳說)이라는 인물을 재상으로 임명하면서 도덕수양과 치국(治國)에 대해 나눈 대화의 일부이다.

왕이 말하기를 : 중요한 말이로다! 전설이여. 그대의 말은 응당 따라야 할 것이요. 그대의 말이 이처럼 좋지 않았다면, 나 역시 그것을 따르지 않을 것이다.

전설이 머리를 조아려 말하기를 : 사리를 인지하는 것은 어려운 것이 아니요, 그를 행하는 것이 오직 어려울 따름입니다.

(王曰! 旨哉! 說. 乃言惟服. 乃不良于言, 予罔聞于行。

說拜稽首曰 : 非知之艱, 行之惟難。)

삼례(三禮) — 주례/의례/예기

3) 『주례(周禮)』

1. 주관(周官)이라고도 하며, 周代(주대)의 官制(관제)나 정치제도를 기록한 책.

2. 유가의 9경·12경·13경에 속하는 고대의 예법에 관한 3권의 책(三禮 : 周禮, 儀禮, 禮記) 가운데 하나.

3. 유가사상 경전의 하나로 6편(篇)으로 구성.

천지사계(天地四季)를 천관·지관·춘관·하관·추관·동관으로 직제를 나눔.

- **천관(天官)** : 통치 일반
- **지관(地官)** : 교육
- **춘관(春官)** : 사회적·종교적 제도
- **하관(夏官)** : 군사
- **추관(秋官)** : 법무
- **동관(冬官)** : 인구·영토·농업

4. 중국 역대의 관제는 이를 규범으로 삼은 것이 많음.

→ 따라서 『주례』는 통치사상에 깊은 영향을 미쳤다.

4) 『의례(儀禮)』

1. 전한(前漢)시대에 만들어진 것으로 추정.

2. 예(禮)에 관한 최초의 경서(經書).

3. 『주례(周禮)』,『예기(禮記)』와 더불어 3례라고 하며, 구경 및 '십삼경'의 하나로 꼽힘.

4. 중국 고대의 지배자 계급의 혼례·장례·제례(冠婚喪祭) 등을 다룸.

5) 『예기(禮記)』

1. 총 49편으로, 곡례(曲禮)·단궁(檀弓)·왕제(王制)·월령(月令)·예운(禮運)·예기(禮器)·교특성(郊特性)·명당위(明堂位)·학기(學記)·악기(樂記)·제법(祭法)·제의(祭儀)·관의(冠儀)·혼의(婚儀)·향음주의(鄕飮酒儀)·사의(射儀) 등의 제편(諸篇)으로 구성.

2. 사서(四書)의 하나인 『대학(大學)』,『중용(中庸)』도 사실은 이중 한 편임.

→ 『대학』은 공자의 제자인 증자(曾子)가, 『중용』은 공자의 손자인 자사(子思)가 지은 것으로 전해지고 있다. 『대학』은 원래 『예기』 49편 속에서 42번째로, 『중용』은 31번째로 들어 있었다. 그러던 것이 일찍부터 유학의 중요한 저술로 인식되어 별도의 단행본으로 만들어지기도 하다가, 마침내 송대(宋代) 유학, 즉 성리학(性理學)의 집대성자인 주자(朱子)는 이 두 편을 『예기』에서 분리하여 『논어』, 『맹자』와 함께 사서(四書)라고 병칭하였다. 이후 사서삼경(四書三經)의 한 자리씩을 차지하고서 유학의 최고 경전 중의 하나로 정착되었다. 그 까닭은 그 내용이 자신을 수양하고 남을 다스린다는 수기치인(修己治人)의 유학적 사고와 가장 부합되어서다.

3. 주대(周代)의 예(禮)에 대한 학술, 예절 및 공자(孔子)와 그 제자들의 중요한 언행들을 체계 없이 잡다하게 기록.

4. 예(禮)의 이론 및 실제를 논하는 내용 위주로 의례의 해설뿐 아니

라 정치제도, 예절의식, 예의, 학술, 일상행사의 규칙, 유가의 잡다한 일
에서부터 태교(胎敎), 장례(葬禮), 제사의식(祭祀儀式)에 이르기까지 일상
적인 제반행사들을 정리.

5. 고대에 예의 영역은 광범위하여 통치의 수단이며 동시에 교화의
방법이었던 예를 기술한 이 『예기』는 유가적 예치주의를 선양해 주는 것
으로서 중시됨.

6. 중국의 전국시대(戰國時代)와 진한(秦漢) 시기 유가사상이나 사회
사상을 연구하는 데는 필독서이며, 유가의 예치주의를 아는 데에도 기
본이 되는 책.

춘추(春秋) ─ 춘추좌씨전/춘추공양전/춘추곡량전

『춘추(春秋)』의 개괄

1. 기원전 5세기경 노(魯)나라 공자(孔子)가 엮은 것으로 알려진 중국
의 역사서.

2. "춘추"라는 책이름은 일년(一年)을 춘하추동(春夏秋冬)으로 나누어
역사를 기록하였기에 나온 이름.

3. 노나라 은공(隱公)에서부터 애공(哀公)까지 242년의 역사를 편년체
(編年體)로 기록.

　→ 편년체 : 연도별로 간단하게 인물과 사건을 정리하는 형식

4. 내용이 매우 간단하게 기록되어 있어 의미 파악이 쉽지 않음.

　→ 미언대의(微言大義)의 문장. 미언대의란 매우 간략하게 기술하고 있으나,
그 함축된 의미는 매우 심오하여 쉬이 이해할 수 없다는 뜻이다.

5. 명분에 따라 용어들을 엄격히 구별하여 서술.

6. 춘추삼전(春秋三傳) : 춘추(春秋)의 해설서(解說書)인 좌전(左傳), 곡량전(穀梁傳), 공양전(公羊傳).

6)『춘추좌씨전(春秋左氏傳)』

『춘추좌씨전』의 특징

1.『좌씨춘추(左氏春秋)』또는『좌전(左傳)』이라고도 함.

2.『춘추』와는 성질이 다른 B.C. 722~B.C. 481년의 역사를 다룬 사서(史書).

3.『곡량전』이나『공양전』에 비해 양이 방대함.

4. 문장의 교묘한 서술법 및 정확한 인물묘사 등의 특징 때문에 문학작품으로도 뛰어나 고전문(古典文)의 전범(典範)이 됨.

『좌전』의 성격에 대해서는 예전부터 설(說)이 구구하였다. 공자가 엮은『춘추』의 내용이 너무도 간략하기 때문에 그 제자인 좌구명(左丘明)이 해설을 한 것이 바로 이『춘추좌씨전』이라 하기도 하고, 혹은 전국시대의 어떤 자가『춘추』를 바탕으로 해서 새로 만든 역사서라고 하기도 한다.

지금에 와서는 후자의 주장이 더 많은 지지를 받고 있거니와, 그 주요한 까닭은 바로『춘추좌씨전』의 문장이『춘추』에 비해 비할 데 없이 발전하여 있어서 이 둘을 도저히 동(同)시대의 문장으로 간주할 수 없다는 데 있다.

확실히『좌전』의 문장은 그 이전의『서경』,『춘추』와는 차원이 전혀 다르며, 그 이후 중국 전통 고전산문의 비조(鼻祖)가 되기에 충분하다. 중국 고전산문의 주요 내적 흐름의 하나가 바로 의고(擬古)인데, 이『좌전』은 바로 그 의고의 가장 주요한 대상 중의 하나였다. 하나의 예(例)로, 노나라 장공(莊公) 10년, 조궤가 전쟁에 대해 논한 부분을 살펴보자.

10년 봄에 제나라 군대가 노나라를 공격하였다. 장공(莊公)이 맞서 싸우려 할 적에 조궤가 뵙기를 청하니, 그 마을 사람이 "녹을 먹고 있는 관리들이 작전을 도모하고 있을 것인데, 자네가 관여할 게 뭐 있겠는가?" 하였다. 그러자 조궤가 "저 녹이나 먹고 있는 관리들은 소견이 좁아서 멀리까지 내다볼 수 없다." 하고 궁궐로 들어가 뵙고서 어떻게 싸울 것이냐고 물었다. 장공이 "옷과 음식은 우리 몸을 편안하게 해주는 것인데, 독차지 하지 않고 반드시 백성들에게 나누어주어서 함께 하겠다." 하니, 조궤가 답하기를 "이는 작은 은혜라서 두루 미치지 못할 것이니 백성들이 따르지 않을 것입니다." 하였다. 장공이 "제사에 올리는 희생과 옥백을 더하지 아니하며, 반드시 정성껏 제사를 지내겠다." 하니, 조궤가 답하기를 "이는 작은 정성이라서 귀신이 믿지 않을 것이니, 귀신이 복을 내리지 않을 것입니다." 하였다. 장공이 "크고 작은 옥사를 일일이 다 살필 수는 없지만 반드시 그 정상을 참작하겠다." 하니, 조궤가 답하기를 "이는 백성을 위해 마음을 다하는 것인지라 한번 싸워볼만 하니, 싸움에 나가신다면 저도 종군을 청하겠습니다." 하였다.

장공이 조궤와 함께 전차를 타고 장작이라는 곳에서 전투하기 위해 대치하였다. 장공이 진군의 북을 치려 하니, 조궤가 "아직은 때가 아닙니다." 하고 말렸다. 제나라 군대가 북을 세 차례 치자, 조궤가 "지금은 북을 쳐서 진격해도 괜찮습니다." 하였다. 제나라 군대가 크게 패하였다. 장공이 추격하려 하니, 조궤가 "아직은 때가 아닙니다" 하고 말렸다. 전차에서 내려 제나라 군대의 수레바퀴 자국을 살펴보고, 다시 전차에 올라 후퇴하는 제나라 군대를 바라보고서 "이제 추격해도 됩니다," 하였다. 그러자 장공이 드디어 추격하였다.

싸움에서 이기고 나서 장공이 그 까닭을 물으니, 조궤가 답하기를 "싸움은 용기를 가지고 하는 것입니다. 한번 북을 울리면 용기를 진작시키고, 두 번째에는 용기가 쇠하고, 세 번째에는 용기가 고갈됩니다. 저들은 고갈되었고 우리는 용기가 충만한지라 저들을 이긴 것입니다. 큰 나라는 예측하기 어렵습니다. 매복이 혹 있을까 하고 염려되었는데, 제가 보니 그들의 수레바퀴 자국이 어지럽고 그들의 깃발이 쓰러져 있는지라 그제야 추격했던 것입니다." 하였다.

十年春, 齊師伐我。公將戰, 曹劌請見。其鄉人曰："肉食者謀之, 又何間焉?" 劌曰, "肉食者鄙, 未能遠謀。" 乃入見, 問何以戰。公曰："衣食所安, 弗敢專也, 必以分人。" 對曰, "小惠未徧, 民弗從也。" 公曰："犧牲玉帛, 弗敢加也, 必以信。" 對曰："小信未孚, 神弗福也。" 公曰："小大之獄, 雖不能察, 必以情。" 對曰："忠之屬也, 可以一戰。戰則請從。" 公與之乘。戰于長勺。公將鼓之。劌曰："未可。" 齊人三鼓, 劌曰："可矣。" 齊師敗績。公將馳之。劌曰："未可。" 下, 視其轍, 登軾而望之, 曰："可矣。" 遂逐齊師。既克, 公問其故。對曰："夫戰, 勇氣也。一鼓作氣, 再而衰, 三而竭。彼竭我盈, 故克之。夫大國, 難測也, 懼有伏焉。吾視其轍亂, 望其旗靡, 故逐之。"

이렇듯 위의 예문을 보면 알 수 있듯이 전개가 물 흐르듯 자연스럽고 인물성격이 대화를 통해서 잘 드러나 있어, 문장의 성격상 도저히 같은 시대의 문체(文體)로 간주할 수가 없는 것이다.

7) 『춘추공양전(春秋公羊傳)』

『춘추공양전』의 특징

1. 춘추의 미언(微言 : 뜻이 함축되어 미묘한 말)과 대의(大義 : 심오한 의미)를 해석하여 편찬·저술한 책.

→ 춘추는 편년체(編年體)로 간략하게 인물과 사건을 기록하고 있기 때문에, 그 집필의도를 확연하게 이해하기가 어렵다. 따라서 미언, 즉 최대한 압축된 간략한 표현 속에 대의 즉 깊은 의미를 품고 있는 문장을 이해하기 쉽게 해석하여 풀이한 책이 바로 공양전이다.

2. 춘추필법(春秋筆法)을 주장.

→ 공자는 춘추를 지으며 사건을 기록하는 기사(記事), 직분을 바로잡는 정명(正名), 칭찬과 비난을 엄격히 하는 포폄(襃貶)의 원칙을 세워, 여기에 어긋나는 것은 철저히 배격했으며, 오직 객관적인 사실에 입각하여 자신의 판단에 따라 집필하여야 한다고 주장했는데, 이처럼 어떤 외압에도 굴하지 않고 객관적 사실에 입각해 자신의 판단에 따라 기사, 정명, 포폄의 원칙을 지키는 것을 춘추필법이라고 한다. 동의어로 동호지필(董狐之筆)이 있다.

3. 전승과정이 "3전" 중 가장 확실함. 제(齊)나라 사람인 공양고(公羊高)가 『춘추』에 대해서 전술(傳述)한 것이 가학(家學)으로 전승해오다가, 제자인 호모자도와 함께 내용을 정리하여 편찬.

→ 『공양전』의 저자에 대해서는, 일반적으로 공자(孔子)의 제자였던 자하(子夏)의 제자인 제(齊)나라 사람 공양고(公羊高)로 알려져 있으나, 당(唐)나라의 서언(徐彦)은 『공양전해고(公羊傳解詁)』에서 동한(東漢) 대굉(戴宏)의 말을 인용하여 그 전승과정을 다음과 같이 기술하고 있다.

자하가 『춘추』를 공양고에게 전해주었고, 공양고는 그 아들 공양평에게 전해주었고, 공양평은 그 아들 공양지에게 전해주었고, 공양지는 그 아들 공양감에게 전해주었고, 공양감은 그 아들 공양수에게 전해주었다. 한나라 경제 때에 공양수는 그 제자인 제나라 사람 호모자도와 함께 죽간과 비단에다 기록하였다.

(子夏傳與公羊高, 高傳與其子平, 平傳與其子地, 地傳與其子敢, 敢傳與其子壽。至漢景帝時, 壽乃共弟子齊人胡母子都, 著于竹帛。)

이 말에 의할 것 같으면, 지금 우리가 보는 『공양전』의 최종 저자는 공양고의 현손(玄孫)인 공양수임을 알 수 있다. 그러나 그것이 고조할아버지 때부터 가학(家學)으로 전해온 것인 만큼 공양수는 그 최종 정리자였다고 할 수 있겠다.

8)『춘추곡량전(春秋穀梁傳)』

『춘추곡량전』의 특징

1.『춘추』에 대한 해석태도가 공양전과 유사하여 주관적인 해석이 많으나, 유가적 명분론(儒家的 名分論)은 공양전보다 더 엄격함.

2. 왕조를 긍정하고 천자(天子)의 절대신성(絶對神聖)이라는 입장을 취하고 있음.

춘추삼전의 차이점

1.『좌씨전』이 경문(經文)에서 독립된 역사적인 이야기를 다룬 것에 비해, 나머지 2전(二傳)은 경문(經文)의 사구(辭句)에 대한 필법(筆法)을 설명함.

2. "일(事)은『좌씨전』에 완벽하게 기록되어 있고 예(例)는『공양전』에 분명하게 기록되어 있고 의(義)는『곡량전』에 상세하게 서술되어 있다."

9)『논어(論語)』

1. 중국 유가사상의 근본문학이자 중국 최초의 어록(語錄).
2. 공자의 가르침을 전하는 가장 확실한 문헌.
3. 공자와 그 제자와의 문답, 공자의 발언과 행적, 그리고 고제(高弟)의 발언.

"자공이 물었다 : 가난하지만 아첨하지 않고, 부유하지만 교만하지 않다면, 어떻습니까? 공자가 말하기를 : 괜찮구나. (하지만) 가난하지만 도를 즐거워하고, 부유하지만 예를 좋아하는 것만 못하다. 자공이 말했다 : 『시』에 이르기를, '자르고 다듬듯이 하며, 쪼고 가는 듯이 한다'는 것은 이를 이르는 것입니까? 공자가 말하기를 : 자공아, 너와 더불어 『시』를 말할 수 있구나! 지난 일을 말하니, 올 일을 아는구나."

― 〈학이편〉 ―

子貢曰 : 貧而无諂, 富而无驕, 何如? 子曰 : 可也. 未若貧而樂道, 富而好禮者也. 子貢曰 :《詩》云 : '如切如磋, 如琢如磨', 其斯之謂與? 子曰 : 賜也, 始可與言《詩》已矣! 告諸往而知來者。

―《學而篇》―

4. 20편으로 구성.

학이(學而), 위정(爲政), 팔일(八佾), 이인(里仁), 공야장(公冶長), 옹야(雍也), 술이(述而), 태백(泰伯), 자한(子罕), 향당(鄕黨), 선진(先進), 자로(子路), 헌문(憲問), 위령공(衛靈公), 계씨(季氏), 양화(陽貨), 미자(微子), 자장(子張), 요왈(堯曰).

중요 구절

⊙ 子曰, 學而時習之면 不亦說乎아,

공자가 말씀하시기를, 배우고 때로 익히면 또한 기쁘지 아니한가.

⊙ 子曰, 學如不及이오 猶恐失之니라.

공자가 말씀하시기를, 배움이란 도달할 수 없는 것 같이 하고 배운 것은 잃어버릴까 두려운 듯이 해야 한다.

⊙ 子曰, 吾十有五而志于學하고, 三十而立하고, 四十而不惑하고, 五十而知天命하고, 六十而耳順하고, 七十而從心所欲하여 不踰矩니라.

공자가 말씀하시기를, 나는 열다섯에 학문에 뜻을 두었고, 서른에 뜻이 확고하게 섰고, 마흔에는 인생관이 확립되어 마음에 혼란(유혹)이 없고, 쉰에는 천명을 깨달아 알게 되었고, 예순에는 어떠한 말을 들어도 그 이치를 깨달아 저절로 이해를 할 수 있었고, 일흔에는 내 마음대로 행동을 하여도 법도에 어긋나는 일이 없었다.

10) 『효경(孝經)』

1. 공자가 제자인 증자(曾子)에게 전한 효도에 관한 논설내용.
2. 천자(天子)와 제후(諸侯), 대부(大夫)와 사(士) 그리고 서인(庶人)의 효(孝)를 나누어 논술하고 효가 덕(德)의 근본임을 밝힘.
3. 연대 미상.
4. 효는 천자·경대부(卿大夫)·서인 등 모든 신분계층에 동일하게 적용되는 윤리 규범임을 밝힘.

중요 구절

⊙ 身體髮膚는 受之父母하니, 不敢毁傷이 孝之始也요. 立身行道하고 揚名於後世하여 以顯父母가 孝之終也니라.

신체, 즉 몸뚱이와 터럭, 그리고 피부 등은 부모로부터 받았으니, 감히 훼손하고 상하지 않는 것이 효도의 시작이요. 출세하여 도를 실천하고 이름을 후세에 날림으로써 부모님을 드러나게(유명하게) 해 드리는 것이 효도의 끝이니라.

11) 『이아(爾雅)』

가장 오래 된 자전(字典)으로, 주(周)나라의 주공(周公)이 지었다고 전해옴.

『시경』, 『서경』중의 문자를 추려 19편으로 나누고, 자의(字義)를 전국(戰國), 진(秦), 한 대(漢代)의 용어로 해설한 것이며 3권으로 구성.

『이아』의 정의 및 수록 내용

1. 이아의 "이(爾)"는 "가깝다", "아(雅)"는 "바르다"로서, "가까운 곳에서 바른 것을 취한다'라는 의미.

2. 천문, 지리, 음악, 기재(器材), 초목(草木), 조수(鳥獸)의 내용.

12) 『맹자(孟子)』

1. 양혜왕(梁蕙王), 공손추(公孫丑), 등문공(藤文公), 이루(離婁), 만장(萬章), 고자(告子), 진심(盡心)편 등으로 구성. 또한 각 편은 다시 상, 하편(上, 下篇)으로 나누어져, 총 14편으로 이루어짐.

2. 전국시대(戰國時代) 맹자와 그의 제자 만장(萬章)의 작(作).

3. 성선설(性善說) 주장.

4. 인(仁)과 의(義)의 강조.

5. 왕도정치(王道政治) 주장 : 전제(田制), 세제(稅制), 교육제도, 인재 등용 강조.

맹자의 사상

『맹자』는 주지하다시피 사서삼경(四書三經)의 하나이자, '13경' 중의 하나이기도 하다. 따라서 그 사상이 중국 전통사회의 지성사(知性史)에 끼친 영향은 실로 지대한 것이었다.

한편, 당대(唐代)의 한유(韓愈)는 당송팔대가(唐宋八大家)의 한 사람으로서, 그리고 중국 전통 고전산문의 최고의 작가로서 또한 중국 지성사에 거대한 발자취를 남겼다. 이런 한유가 생전에 선진양한산문(先秦兩漢散文), 즉 고문(古文)을 크게 주장하였는데, 그중에서도 특히 『맹자』를 문장의 본보기로 삼아 힘써 배웠으니, 『맹자』는 사상 방면뿐만 아니라 문학 방면에도 큰 영향을 끼쳤음을 알 수 있겠다.

> 맹자가 말했다 : 제 할 도리를 다하면 번영하고 그렇지 못하면 모욕을 받는다. 지금 모욕을 싫어하면서도 제 할 도리를 다하지 아니하니, 이는 습한 것을 싫어하면서 저습한 지대에 살고 있는 것과 같다. 만약에 모욕을 받기를 싫어한다면 덕이 있는 자를 귀하게 여기고 훌륭한 선비를 높이는 것만한 게 없다. 그리하여 어질고 유능한 자들이 나라의 요직에 있게 되어 나라가 한가해지면, 바로 이때에 정사와 형벌을 밝게 할지니, 비록 큰 나라라 할지라도 반드시 그 나라를 두려워하게 될 것이다.
>
> 『시경(詩經)』에 이르기를 "하늘에서 아직 큰 비가 내리지 않을 때에 저 뽕나무 뿌리의 껍질을 벗겨서 둥지를 잘 수선해놓는다면, 지금 이 아래의 사람들이 혹시라도 감히 나를 업신여기겠는가?" 하였는데, 공자가 이르시기를 "이 시를 지은 자는 도를 아는 성싶다. 제 국가를 능히 다스려낸다면 누가 감히 업신여기겠는가?" 하였다. 지금은 나라가 한가로우면 이때에 오히려 놀고 즐기면서 나랏일에 게으르니, 이는 스스로 화를 불러들이는 것이다.
>
> 화복은 자기로부터 불러들이지 않는 것이 없다. 『시경』에서 이르기를 "늘 생각하여 천명에 맞게 하면 스스로 많은 복을 얻게 된다." 하였으며, 『태갑』에서는 "하늘이 내리는 재앙은 피할 수 있지만, 스스로 만든 재앙은 살아날 수가 없다." 하였다.
>
> ― 〈공손추(상)〉 ―

孟子曰：「仁則榮, 不仁則辱。今惡辱而居不仁, 是猶惡濕而居下也。如惡之, 莫如貴德而尊士。賢者在位, 能者在職, 國家閒暇, 及是時明其政刑, 雖大國, 必畏之矣。詩云：“迨天之未陰雨, 徹彼桑土, 綢繆牖戶。今此下民, 或敢侮予?”孔子曰：“爲此詩者, 其知道乎! 能治其國家, 誰敢侮之?”今國家閒暇, 及是時, 般樂怠敖, 是自求禍也。禍福無不自己求之者。詩云：“永言配命, 自求多福。”太甲曰：“天作孽, 猶可違：自作孽, 不可活。”此之謂也。

－〈公孫丑(上)〉－

예로부터 글이란 문(文, 형식)과 도(道, 내용)가 잘 조화된 것을 이상적인 것으로 여겼다. 한유가 『맹자』의 문장을 높이 이유가 바로 여기에 있지 않겠는가?

3장

국어(國語)·전국책(戰國策)

국어(國語)

중국 최초의 역사서, 『국어(國語)』

　1. B.C. 350년경에 만들어졌으며 춘추 시대의 여덟 나라인 주(周), 노(魯), 제(齊), 진(晉), 정(鄭), 초(楚), 오(吳), 월(越)의 500여 년간의 부분적 역사 사실을 21권으로 기록. 주(周) 목왕(穆王) 35년(B.C. 967)에서 정정왕(貞定王) 16년(B.C. 453)까지의 515년간의 내용을 다루고 있음.

　2. 중국 최초의 역사서로, 제목은 나라별 역사 이야기라는 의미를 지님.

　3. 周나라의 좌구명(左丘明)이 지었다고 전해져 왔으나, 오늘날에는 한 사람의 저술이 아닌 각국 사관(史官)의 기록을 한대(漢代)에 와서 편집한 것으로 추측하고 있음.

　4. 『좌씨전』에 누락된 역사를 담았기 때문에, 춘추외전(春秋外傳)이라고도 불림.

『국어(國語)』의 체제

1. 주요 내용 : 각국의 왕과 중요 인물이 나눈 대화.

2. 목차

　周語—상, 중, 하 3권, 단편집

　魯語—상, 하 2권, 단편집

　齊語—1권, 제(齊)나라 환공(桓公)의 일대기

　晉語—9권, 단편집(가장 많은 부분을 차지하고 있음)

　鄭語—1권, 정(鄭)나라 환공(桓公)의 시대를 기술한 단편

楚語－2권, 단편집

吳語－1권, 오(吳)나라 왕(王) 부차(夫差)의 일대기

越語－2권, 월(越)나라 왕(王) 구천(句踐)의 일대기

작품 특징

1. 서술관점은 매우 현실적이며 문장도 실용적.

2. 유가적(儒家的)인 도덕관념이나 예(禮)를 중시－정론(政論)이나 윤리를 강조하는 내용.

→ 이와 관련하여 〈주어(周語)〉 상(上)의 한 부분을 살펴보자.

"목왕(穆王)이 견융(犬戎)을 정벌하려 하자, 채공모보(祭公謀父)가 만류하여 말하였다 : "아니 되옵니다. 선왕께서는 덕행을 드러냈지 무력을 과시하지 않으셨습니다. 군사력이란 일정한 시기까지 비축해두었다가 사용하는 것으로, 일단 사용하면 사람들이 두려워합니다. 무력을 과시하면 남용이 되고, 남용하면 사람들이 두려워하지 않습니다. 그래서 주공(周公)의 〈주송·시매(周頌·時邁)〉에 '방패와 창을 거두고, 활과 화살을 자루에 보관하노라. 우리 군왕은 덕(德)을 추구하여, 이 화하(華夏)지역에 베푸시네. 군왕께서는 능히 천명을 오래토록 보전하시리라'라고 한 것입니다. 선왕께서는 백성들의 덕행을 바로잡아 그들의 성품이 더욱 관대하게 하고, 재산을 키우며, 도구들을 개량시켰습니다. 이득과 손해의 방향을 올바로 제시하고, 예법으로 정비하며, 또 백성들이 이익을 추구하고 재앙을 피하게 하며, 은덕을 그리워하고 위력(威力)을 두려워하게 함으로써 주왕실(周王室)이 대대손손 계승되어 날로 번창할 수 있도록 하였습니다.""

穆王將征犬戎, 祭公謀父諫曰 : 不可。先王耀德不觀兵。夫兵戢而時動, 動則威, 觀則玩, 玩則无震。是故周文公之《頌》曰：'載戢干戈, 載櫜弓矢。
我求懿德, 肆于時夏, 允王保之。'先王之于民也, 懋正其德而厚其性, 阜其財
求而利其器用, 明利害之鄉, 以文修之, 使務利而避害, 懷德而畏威, 故能保
世以滋大。

3. 설교의 성격이 강함.

→ 이와 관련하여 역시 〈주어(周語)〉 상(上)의 한 부분을 살펴보자.

주 여왕(周厲王)이 영이공(榮夷公)을 중용하려 하자, 대부(大夫) 예량부
(芮良夫)가 말하였다 : "나라가 쇠락하려는 구나! 영이공은 재물 약탈하
기를 좋아하여, 백성들을 수탈하면 민심을 잃게 됨을 모른다. 이(利)라는
것은 만물에서 소생하여 천하를 위해 존재하는 것으로, 만약 천하의 이
(利)가 소수에 의해 차지하게 되면 매우 위험해진다. 세상의 만물은 모두
이(利)에 의존하여 퍼지는 것인데, 어찌 소수에 의해 차지하게 될 수 있는
가? 소수가 다수의 이(利)를 차지하게 되면, 군중의 분노를 사게 되는데,
민심을 잃으면 정권의 생존을 위협하게 됨을 모르고 이러한 사상으로 군
주를 이끌면 나라가 어찌 장구할 수 있겠는가? 통치라는 것은 천하의 이
(利)를 세상 모든 이들이 받게 하는 것으로, 신분고하를 막론하고 고르게
가장 큰 이익을 얻게 해야 하니, 이렇게 해도 늘 누락된 부분이 있어 혹시
백성들의 원망을 사지 않는지를 두려워해야 한다. 고로 〈주송·사문(周
頌·思文)〉 중에 '후덕한 후직(后稷)이시여, 하늘과 함께 누리시네. 백성
들이 잘살게 하시니 그 은혜를 받지 않는 곳이 없어라' 라고 하였고, 〈대
아·문왕(大雅·文王)〉에서 '널리 덕을 베푸시니, 주나라를 다지셨네.'라
고 한 것이다. 이는 이(利)를 천하의 백성들에게 고루 분배하지 않아 재앙
을 부르게 됨을 두려워하는 것이 아니겠는가?

歷王說榮夷公, 芮良夫曰 : 王室其將卑乎! 夫榮公好專利而不知大難。夫
利, 百物之所生也, 天地之所載也, 而或專之, 其害多矣。天地百物, 皆將取
焉, 胡可專也? 所怒甚多, 而不備大難, 以是教王, 王能久乎? 夫王人者, 將

導利而布之上下者也, 使神人百物无不得其極, 猶曰恍惕, 惧怨之來也。故
《頌》曰：'思文后稷, 克配彼天。立我蒸民, 莫匪爾極。'《大雅》曰：'陳
錫載周。'是不布利而懼難乎?

—『周語上』—

4. 여러 나라의 중요한 역사, 정치, 외교, 군사 및 역사 인물의 언행,
전설 등을 서술.

5. 농사, 사냥제도, 교육제도 등을 알 수 있음.

6. 역사와 정치의 일화를 모은 단편집 성격이 강함.

후대에 미친 영향

1. 정련(精練)되게 내용을 다루었으나, 명료한 언어로 서술되어 있지
는 못함.

→ 이는 시대적 한계로 인해, 언어표현의 세련미가 아직 완전히 성숙되지 못
했음을 뜻한다.

2. 내용도 재미있고 문장도 생동감이 있어 그 이전의 산문보다는 훨
씬 발달한 문장을 구사.

→ 『국어』의 주요 내용은 인물의 언론(言論)을 통해서 춘추시대 여러 나라의
정치, 군사, 외교를 반영한 것이다. 따라서 특히 인물형상 부분에서 생동적인
묘사가 적지 않으며, 문장에 있어서도 부분적으로는 상당히 변화가 풍부하고
생동적이다. 단, 시대나 내용면에서 여러모로 겹치는 『좌전』에 비해서는 문
학성취면에 있어서 언어 문제 등 다소 세련되지 못한 것으로 평가받고 있다.

전국책(戰國策)

전국시대(戰國時代) 역사서, 『전국책(戰國策)』

1. B.C. 6년경에 만들어진 종횡가(縱橫家)들의 책략(策略)을 편집한 책. 일반적으로 역사서로 인식되어지나, 어떤 이들은 철학 부분을 다루는 자부(子部)인 종횡가로 분류하는 경우도 있음.

→ 일반적으로 古代의 전적은 그 특징에 따라 크게 경(經), 사(史), 자(子), 집(集)의 네 가지로 분류되는데, 경은 유가에서 경전으로 추존하는 13경을, 사는 역사서를, 자는 9류 10가로 대표되는 제자백가(諸子百家)의 철학서를, 집은 기타 나머지를 포함하고 있다.

2. 전국시대(戰國時代) 약 200년 동안 일어났던 주요 사건과 일화들을 전한(前漢)시대의 劉向(유향)이 12개국 별로 정리.

→ 유향이 『국책(國策)』 또는 『국사(國事)』 등의 이름으로 된 여러 서책(書冊)의 잘못을 바로잡고 중복을 삭제하여 재편집하였다.

3. 서주(西周), 동주(東周), 진(秦), 제(齊), 초(楚), 조(趙), 위(魏), 한(韓), 연(燕), 송(宋), 위(衛), 중산(中山)의 12책. 후대에 보완하여 총 33권으로 정리.

『전국책(戰國策)』의 체제 및 내용

1. 동주(東周), 서주(西周), 진(秦), 제(齊), 초(楚), 연(燕), 조(趙), 위(魏), 한(韓), 송(宋), 위(衛), 중산(中山)의 12개국 486장으로 정리.

2. 주로 전국시대에 활약한 세력가들의 정치, 군사, 외교 등 책략(策略)을 기록.

3. 그 시대 인물의 말과 행동을 좋은 표현으로 적은 일종의 일화집(逸話集).

4. 각 모사(謨士)와 책사(策士)들의 문장을 모음.

작품 특징

1. 선진(先秦) 문헌 가운데 전국시대 여러 제후국의 역사를 다룬 유일한 문헌.

2. 잘 알려진 성어(成語), 외교적 담론과 설득을 통한 정치 전략이 들어 있음.

→ 우리에게 잘 알려진 '호가호위(狐假虎威)'는 남의 권세를 빌어 위세를 부린다는 의미로 해석되는데, 이는 〈초책(楚策)〉에 기록되어 있다.

초나라 선왕이 여러 신하들에게 말하기를 : "내 듣자 하니 북방의 제후들이 모두 초나라의 영윤(令尹)직에 있는 소해휼을 두려워한다는데, 진실로 그러한가?" 여러 신하들이 대답하지 않자, 강을이 대답하여 말하기를 : "호랑이는 여러 동물들을 잡아다 먹는데, 여우를 잡았습니다. 여우가 말하기를, '그대는 나를 잡아먹을 수 없소. 하늘이 나로 하여금 백수의 우두머리가 되게 하였는데, 지금 그대가 나를 잡아먹는다면, 이는 하늘의 명을 어기는 것이오. 그대가 나를 못 믿는다면, 내가 그대를 위해 앞서 갈 터이니, 그대는 내 뒤를 따라 온갖 동물들이 나를 보고 감히 도망가지 않는지 보시오'라고 하였습니다. 호랑이는 정말로 그렇다고 생각하여, 결국 여우와 함께 갔습니다. 온갖 동물들이 모두 도망가자, 호랑이는 자기를 두려워해서 도망갔다는 사실을 모르고, 여우를 두려워해서라고 생각했습니다. 오늘날 임금의 땅은 오천리에 이르고, 군사들은 백만에 달하는데, 이들은 모두 소해휼에 의해 독점되고 있습니다. 그러므로 북방 제후

들이 소해휼을 두려워하는 것은, 사실 임금의 군대를 두려워해서이니, 백
수가 호랑이를 두려워하는 것과 같습니다."

荊宣王問群臣曰："吾聞北方之畏昭奚恤也, 果誠何如?" 群神莫對。江乙對
曰："虎求百獸而食之, 得狐。狐曰," 子無敢食我也。天帝使我長百獸。今
子食我, 試逆天帝命也。子以我爲不信, 吾爲子先行, 子隨我後。觀百獸之
見我而敢不走乎?"虎以爲然, 故遂與之行。獸見之皆走。虎不知獸畏己而
走也, 以爲畏狐也。今王之地方五千里, 帶甲百萬, 而專屬之于昭奚恤：故
北方之畏昭奚恤也, 其實畏王之甲兵也, 猶百獸之畏虎也。"

3. 유가적인 윤리의식에 구애받지 않고 당시의 시대상을 그림.

→ 이는 『국어』가 유가적인 도덕관념이나 예를 중시하여 정론(政論)이나 윤리
를 강조하는 내용을 담은 것과 대조된다.

4. 문학적인 측면에서도 가치가 있음.

→ 『전국책』은 전국시대의 나라별로 그 역사를 기술한 역사서로서, 각국 간
의 전쟁 및 유세객들의 언론과 활동을 담고 있다. 전국시대의 역사를 연구하
는 데 있어서 거의 유일무이한 자료로서, 없어서는 안 될 매우 중요한 역사
문헌이다.

한편, 『전국책』은 문학방면에서도 매우 중요한 저술이다. 선진(先秦) 문장 중
에서 『좌전』과 더불어 후세의 고전산문에 가장 큰 영향을 끼쳤다. 그 문장은
풍부한 변화 속에서 자세히 그 뜻을 드러내고 있으며, 사건에 대한 논술은 치
밀하고, 비유와 우언(寓言)을 적절히 잘 사용하고 있다. 언어 또한 생동적이
다. 여기에 한 우언을 소개한다.

초나라에 제사를 지낸 자가 있었다. 집안의 일을 돌보는 자들에게 술 한
잔을 내렸다. 그러자 이 사람들이 서로 의론하여 말하기를 "여러 사람이
마시면 부족하고, 한 사람이 마시면 넉넉하니, 땅바닥에 뱀을 그려 먼저
이룬 자가 술을 마시자." 하였다. 한 사람이 뱀을 먼저 그리고 술잔을 끌
어다 마시려 하면서, 왼손으로는 잔을 들고 오른손으로는 뱀을 그리면서

"나는 뱀의 발도 그릴 수 있다" 하였다. 미처 완성하기 전에 다른 한 사람이 뱀을 다 그리고 그 잔을 빼앗고서 말하기를 "뱀은 본디 발이 없으니, 그대가 어찌 그 발을 그릴 수 있단 말인가?" 하고는 드디어 그 술을 마시니, 뱀의 발을 그리던 이는 마침내 그 술을 빼앗기고 말았다.

楚有祠者, 賜其舍人巵酒。舍人相謂曰："數人飮之不足, 一人飮之有餘。請畫地爲蛇, 先成者飮酒。"一人蛇先成, 引酒且飮之, 乃左手持巵, 右手畫蛇, 曰："吾能爲之足。"未成, 一人之蛇成, 奪其巵曰："蛇固無足, 子安能爲之足?"遂飮其酒。爲蛇足者, 終亡其酒。

괜히 기교를 부리려다가 오히려 일을 그르치고 마는 사람을 에둘러 풍자하고 있다. 쓸데없는 군짓으로 일을 도리어 잘못되게 함을 뜻하는 사족(蛇足)이라는 말은 바로 여기서 나왔다.

5. 다른 역사서보다 문체가 논리적이고 형식적이며 수사적(修辭的)임.

후대에 미친 영향

1. 당시 기록 방식에 상당한 다양화를 추구.
2. 『전국책』에 이르러서 중국 산문의 아름다운 세련미와 사물의 표현 능력이 틀을 잡게 되었음.
3. 기록의 양이 엄청나게 늘어남.
→ 역사적 사실을 간단하고도 명료하게 기록한 것이 아니라, 수사적 표현을 통해 언어의 세련미를 추구하고 또한 구체적인 인물과 상황 묘사 등을 통해 생동감 있게 전달하고자 했기 때문에 기록의 양이 방대해졌다.
4. 단순히 지식을 옮겨놓는 것 이상이 됨.
→ 단순히 간단하고도 명료한 표현을 통해 사실이나 지식을 전달하고자 한

것이 아니라, 다채로운 표현을 통해 산문 즉 문학의 발전에 이바지하게 된다.

5. 문자를 사용하는 환경이 더욱 자유로워짐.

→ 3번 및 4번 내용과 연관하여 이해할 수 있다.

4장

제자백가
(諸子百家)

제자백가(諸子百家)의 개괄

1. 시대적 배경 : 춘추전국시대(春秋戰國時代)

2. 춘추전국시대 : 일반적으로 춘추(春秋)와 전국(戰國) 두 시대로 구분. 그 이유는 혼란의 정도에 차이가 있었기 때문.

→ 일반적으로 춘추시대는 100여 개의 수많은 나라로 분열된 국면이었던 반면, 전국시대는 진(晉)나라가 한(韓), 위(魏), 조(趙) 3개 왕조로 분열되어 진(秦), 초(楚), 제(齊), 연(燕), 한, 위, 조 전국 7웅(雄)의 쟁패구도를 갖게 되기 때문에 이같이 말하고 있다.

한편, 춘추 시대와 전국 시대로 부르는 까닭을 역사서의 이름에서 찾기도 한다. 왜냐하면, 춘추 시대의 역사는 『춘추』라는 역사서에 담겨 있고, 전국 시대의 역사는 『전국책』이라는 역사서에 담겨 있기 때문이다.

3. 춘추시대 : 주(周)나라가 도읍을 호경(鎬京)에서 낙읍(洛邑)으로 옮긴 B.C. 770년부터 진(晉)나라의 대부(大夫)인 한(韓), 위(魏), 조(趙) 삼씨가 진나라를 분할하여 제후(諸侯)로 독립한 403년까지를 지칭.

4. 전국시대 : 그 이후 진(秦)나라가 천하를 통일한 B.C. 221년까지의 시기.

제자백가(諸子百家)의 정의

1. 진시황(秦始皇)에 의해 천하통일이 이루어지는 B.C. 3세기까지 활동한 수많은 **철학자와 학파**를 지칭.

2. 제자(諸子)란 여러 학자들이란 뜻이고, 백가(百家)란 수많은 학파들을 의미. 즉 수많은 학파와 학자들이 자유롭게 자신의 사상과 학문을 펼쳤던 상황을 나타냄.

3. 학자 : 공자(孔子), 관자(管子), 노자(老子), 맹자(孟子), 장자(莊子), 묵자(墨子), 열자(列子), 한비자(韓非子), 윤문자(尹文子), 손자(孫子), 오자(吳子), 귀곡자(鬼谷子) 등.

4. 학파 : 유가(儒家), 도가(道家), 묵가(墨家), 법가(法家), 명가(名家), 종횡가(縱橫家), 음양가(陰陽家) 농가(農家) 잡가(雜家)등 9류(流)에다가 또 소설가(小說家)를 부록(附錄)으로 한 것. 따라서 9流 10家라고도 불림.

→ 여기서 말하는 소설가는 물론 오늘날의 소설가는 아니다. 『한서·예문지(漢書·藝文志)』에 소설가는 패관(稗官)에서 나왔다고 하였다. 패관은 민간에 흩어져 있는 전설, 설화, 항간(巷間)의 이야깃거리들을 수집하던 관리였다. 이들 소설가들이 모은 자료는 분명 정치에 도움이 되고 방증(傍證)자료가 되는 것이기는 하였지만, 제자(諸子)로서의 뚜렷한 학술계통은 갖지 못하였다. 그래서 『한서·예문지』에서는 이를 십가(十家)에 넣고는 있지만 볼만한 것은 앞의 아홉 가지라고 한 것이다.

제자백가(諸子百家)의 출현배경

1. 봉건질서의 붕괴에 따른 새로운 경향의 출현

춘추시대에 들어와 기존의 봉건제 질서가 흔들리게 되고, 이에 따라 구(舊) 지배계층 가운데 신분상 몰락하는 사람들이 생기게 된다. 이렇게 정치적 지배력을 상실한 이들 중, 어떤 이들은 전쟁이나 문화의 담당자로서 전문가의 길을 택하고, 어떤 이들은 또 이러한 안정적인 지위를 확보하지 못한 채 떠돌아다니는 유사(遊士)의 처지가 되기도 한다.

2. 유세객(遊說客)들의 등장

기존의 구(舊) 지배계층과, 경제력을 바탕으로 새롭게 부각되었지만 아직 정치적 지배력을 공고히 다지지 못한 신흥지주세력 사이에 이러한 권력자들을 상대로 설득하여 등용되기를 바라는 유세객들이 나타나기 시작한다.

제자백가(諸子百家)의 분류

1) 유가(儒家)

1. 현세적인 도의(道義)사상으로, 그 이념은 사서(四書)의 하나인 대학(大學)의 구절 "수신제가치국평천하(修身齊家治國平天下)"에서 잘 드러남.

2. 인, 의(仁, 義)의 덕목 강조 : 특히 인(仁)을 중시했는데, 이는 남을 사랑하고 어질게 행동하는 일로서 자기 주변의 혈족(血族)으로부터 차츰 넓혀가는 방식으로 전개.

3. 의(義) : 어떤 상황의 당위성을 뜻하는 무상명령(無上命令)으로서, 사람으로서 지키고 행해야 할 바른 도리.

4. 대표적 사상가 : 孔子(공자), 孟子(맹자), 荀子(순자), 子思子(자사자), 曾子(증자)

2) 도가(道家)

1. 부정적 사변법(思辨法)을 사용. 존재론적 본체(本體)의 개념으로 도(道)와 덕(德)의 이론을 제시.

→ 『도덕경』 제1장 처음에 "道可道, 非常道, 名可名, 非常名('도'라 말할 수 있는

것은 영원한 도가 아니고, 이름으로 부를 수 있는 것은 영원한 이름이 아니다)라는 구절이 나오는데, 이처럼 노자는 부정적 사변법을 씀으로써 그 진리를 부각시키고자 하였다. 노자가 이렇듯 부정적 사변법을 즐겨 쓴 이유는 『도덕경』 자체의 내용에서도 찾아볼 수 있는데, 제65장의 "玄德深矣遠矣! 與物反矣(현덕은 심오하고 아득하며, 세속의 경험과 상반되도다)" 나, 제78장의 "正言若反(바른 말은 상반되는 것처럼 보인다)" 등이 바로 그것이라고 볼 수 있다.

2. 인위적(人爲的)이지 않으면서 무위자연(無爲自然)에 순응하는 삶을 이상(理想)으로 제시.

3. 철학적 가치와 지식에 대한 문제에서는 유(有)와 무(無)의 개념이 병존(竝存)하는 상대주의(相對主義)와 반지주의(反知主義) 주장.

→ 『도덕경』 제2장에는 노자의 상대주의에 대한 가치관이 드러난다.

> 그러므로 유와 무가 상생하고, 어려움과 쉬움이 서로 이루어지며, 길고 짧음이 서로 나타나고, 높고 낮음이 서로 조화를 이루며, 앞과 뒤가 서로 따른다.
>
> 故有無相生, 難易相成, 長短相形, 高下相傾, 音聲相和, 前後相隨。

이 밖에 반지주의에 대한 노자의 가치관은 『도덕경』 제3장에서 나타난다.

> 머리를 비우게 하고, 배를 배불리 채워주며, 의지를 약화시키고 그 뼈대를 튼튼히 하게 하여 영원히 백성들로 하여 지식도 없고 욕망도 없게 해야 한다.
>
> 虛其心, 實其腹, 弱其志, 强其骨, 常使民無知無欲。

4. 대표적 사상가 : 노자(老子), 장자(莊子), 열자(列子) 등.

3) 법가(法家)

1. 법치주의(法治主義)를 제창한 중국의 정치 사상가에 대한 총칭(總稱).

2. 유가(儒家)사상과의 대립 및 논쟁(論爭) 과정에서 발달.

3. 전국시대의 전제적(專制的) 지배(支配)를 지향한 군주에게 중용(重用)되어, 진(秦)과 한(漢)나라의 중요한 사상이 됨.

4. 신상필벌(信賞必罰)의 공정하고도 엄격한 정치 주장.

5. **대표적 사상가** : 이회(李悝), 상앙(商鞅), 한비자(韓非子), 이사(李斯) 등.

4) 묵가(墨家)

1. 유가의 한정(限定)된 사랑, 즉 별애(別愛)를 비판하고 자타를 구분하지 않는 겸애(兼愛) 실천을 주장.

2. **정치** : 현자(賢者)에 의한 정치, 즉 상현정치(尙賢政治) 주장.

3. **경제** : 당시 지배적이었던 운명론(運命論)을 배척하고, 근면과 절용(節用)에 의한 부(富)의 축적과 평등한 사용을 권장.

4. 중앙집권적 체제를 지향하여 실리적인 지역사회의 단결 주장.

5. 진시황제(秦始皇帝)의 탄압으로 쇠약해지고, 전한(前漢)시기 무제(武帝)의 유교일존(儒敎一尊)정책에 의해 결국 소멸.

6. **대표 사상가** : 묵자(墨子)

5) 명가(名家)

1. 논리(論理)를 주제로 명(名 : 이름, 언어)과 실(實 : 사실)을 강조한 학파로서, 춘추전국시대의 혼란기에 명(名)을 다루는 논리학자들이기에 명가라고 불림.

2. 세상이 혼란한 것은 명과 실의 불일치에 그 원인이 있다고 봄으로써 명과 실의 일치 불일치 관계를 중시하고, 명실합일(名實合一)해야 한다고 주장.

→ 『장자(莊子)』에는 장자(莊子)와 혜시(惠施)의 대화내용이 적잖이 기록되어 있다. 장자는 도가사상(道家思想)의 대표적 사상가이고 혜시(惠施)는 명가사상의 대표적 사상가인데, 둘의 대화내용을 통해 당시의 명가사상(名家思想)을 엿볼 수 있다. 이제 그 한 구절을 살펴보자.

장자와 혜시가 다리 위를 거닐고 있었다. 장자가 말하기를 : "하얀 색의 물고기가 한적하게 헤엄치고 있으니, 이는 물고기의 즐거움이라." 혜시가 말하기를 : "그대는 물고기가 아닌데, 어찌 물고기의 즐거움을 아는가?" 장자가 말하기를 : "그대는 내가 아닌데, 내가 물고기의 즐거움을 모른다함을 어찌 아는가?" 혜시가 말하기를 : "나는 그대가 아니기에, 물론 그대를 모르네. 그대 역시 물론 물고기가 아니니, 그대가 물고기의 즐거움을 알지 못하는 것이야말로 온전한 것이네.

―〈추수〉―

莊子與惠子游于濠梁之上。莊子曰 : "鰷魚出游從客, 是魚之樂也。"惠子曰 : "子非魚, 安知魚之樂?" 莊子曰 : "子非我, 安知我不知魚之樂?"惠子曰 : "我非子, 固不知子矣 : 子固非魚也, 子之不知魚子樂, 全矣。

―〈秋水〉―

3. 대표적 사상가 : 혜시(惠施), 공손룡(公孫龍), 윤문(尹文), 등석(鄧析)

4. 혜시는 위(魏)나라 재상으로 莊子(장자)의 친구였고, 공손룡은 "백마비마론(白馬非馬論)"과 "견백석론(堅白石論)"이라는 궤변(詭辯)으로 유명.

→ 백마비마론은 "백마는 하얀 털을 지녔다. 말은 하얀 털을 지니지 않았다. 따라서 백마는 말이 아니다.'라는 3단 논법의 형태를, 견백석론은 "돌은 딱딱하다, 흰 돌은 딱딱하지 않다. 따라서 딱딱하면서도 흰 돌은 없다.'라는 3단 논법의 형태를 지닌 이론이다.

6) 음양가(陰陽家)

1. 음(陰)과 양(陽)이라는 두 가지 범주로 우주의 삼라만상(森羅萬象)을 설명하면서, 이를 기반으로 다시 금(金), 수(水), 목(木), 화(火), 토(土)의 오행(五行)의 움직임에 따라 천지만물의 소장(消長)과 인간의 운명의 길흉화복이 결정된다고 보는 사상.

2. 음양가의 사상은 음양의 개념이 도나 오행 등의 개념과 결합하면서 철학적으로 체계화되고 다른 사상에도 많은 영향을 미침.

3. 대표적 사상가 : 장창(張蒼), 추연(鄒衍), 추석(鄒奭) 등.

4. 제(齊)나라 사람 추연(鄒衍)은 기(氣)의 소장(消長)에 따라서 국가의 흥망성쇠가 결정된다는 오행종시설(五行終始說)을 주장하여 제국의 군주들에게 우대됨.

7) 종횡가(縱橫家)

1. 능란한 변론(辯論)을 기반으로, 각국의 제후에게 유세(遊說)하여 외교적 책략을 구사함으로 국제 관계를 정립시킨 외교가들을 총칭.

2. 대표적 사상가 : 소진(蘇秦), 장의(張儀) 등.

3. 소진(蘇秦)은 진(秦)나라에 대항하여 여타의 6국(초, 연, 제, 한, 위, 조 : 楚, 燕, 齊, 韓, 魏, 趙)이 합종(合縱)함으로써 국제 질서를 확립하려 했고, 장의(張儀)는 연횡책(連橫策)으로 소진의 합종책을 무력화시킴으로써 진나라를 중심으로 국제 질서를 구축하려 했음.

8) 농가(農家)

1. 농업경제와 농업기술에 대하여 연구한 학파로서, 농업이 인류에 있어 가장 근간(根幹)이 되는 분야이라는 점에서 착안하여 농업기술에 대해 연구.

2. 『한서(漢書) 예문지(藝文志)』의 제자략(諸子略)에 농가에 대해서 언급하고 있음.

→ 『예문지』에 의하면, 농사는 군신(君臣)이 농부와 함께 경작에 종사해야 한다고 주장하고 있기 때문에, 농가(農家)란 단순히 농업기술을 해설한 것이 아니라 어떤 사상적인 주장을 가지고 있는 것으로 보인다.

9) 잡가(雜家)

1. 8개 유파(流派)는 각각 독자적인 주장과 체계를 갖는 학파였으나, 잡가는 문자 그대로 다른 학파의 학설들을 유기적(有機的)으로 채택하여 하나의 사상으로 구성한 것.

2. 대표적 잡가 서적으로는 『시자(尸子)』, 『여씨춘추(呂氏春秋)』, 『동방삭(東方朔)』 등이 있는데, 당대(唐代)의 역사서인 『당서(唐書)』에서는 『논형(論衡)』, 『풍속통(風俗通)』, 『포박자(包朴子)』, 『옥촉보전(玉燭寶典)』 등 역시 잡가에 포함시키고 있음.

5장

초사
(楚辭)

초사(楚辭)의 개괄

1. 거시적(巨視的) 관점 : 초(楚)나라 문학의 통칭(統稱).

2. 미시적(微視的) 관점 : 초나라의 굴원(屈原)과 여러 작가들의 사(辭) 작품집.

3. 양자강 유역을 중심으로 발달한 남방문학의 대표.

→ 이는 황하 유역을 중심으로 하는 『시경(詩經)』이 북방문학의 대표가 된다 는 점과 함께 연계하여 이해하여야 한다.

4. 작품에 나타난 언어와 사물이 모두 지역적으로 초(楚)나라에 국한 되어 있기 때문에 붙여진 명칭.

중국고전문학에 있어 『초사(楚辭)』의 의미

1. 한(漢)나라 때 유향(劉向)이 굴원, 송옥(屈原, 宋玉) 등의 초사(楚辭) 작품들을 모아 펴낸 책명. 현존하는 『초사(楚辭)』는 王逸(왕일)의 『초사 장구(楚辭章句)』.

→ 다시 말해서, 이는 미시적 관점의 초사를 뜻한다.

2. 초나라 문장에서 보편적으로 보이는 문체. 즉 두 글자와 두 글자, 세 글자와 두 글자 또는 세 글자와 세 글자 사이에 '혜(兮)' 자나, 구(句) 사이에 '지(之)' '이(以)' '이(而)' 등의 조자(助字)가 들어감. 이러한 형식 이 외에도, 구말(句末)에 '지(只)'자(字)를 두거나, 작품 끝에 '난(亂)' 자가 있 는 경우도 있음.

『초사』의 체제

작가와 작품을 정리하면 다음과 같다.

굴원(屈原)

대표 작품 : 〈이소(離騷)〉, 〈천문(天問)〉, 〈구가(九歌)〉, 〈구장(九章)〉, 〈초혼(招魂)〉, 〈원유(遠游)〉, 〈복거(卜居)〉, 〈어부사(漁父辭)〉

굴원(屈原, 기원전 340년~기원전 278년?)은 이름은 평(平), 자는 원(原), 전국시대 초(楚)나라 사람으로, 초나라 왕과 같은 성씨의 귀족이었다. 회왕(懷王) 때 처음으로 출사(出仕)하여 깊은 신임을 얻어 안으로는 왕과 함께 나랏일을 도모하고, 밖으로는 다른 나라 제후들의 사신들을 응대하면서 부국강병을 도모하였다. 그러나 다른 정치세력의 참소를 받아서 처음에는 한수(漢水) 북쪽으로 추방을 당하였고, 경양왕(頃襄王)이 즉위하여서는 또 상수(湘水) 일대로 추방을 당하였다. 양왕(襄王) 21년(기원전 278)에는 초나라 수도인 영(郢) 땅이 진(秦)나라의 침략으로 함락되었는데, 이때 굴원은 깊은 좌절로 초나라를 떠날 생각도 하였으나 그러하지 못하고 그가 사랑한 조국 초나라의 여기저기를 방황하다가 마침내 멱라강(汨羅江)에 몸을 던졌다. 한편, 굴원은 중국 문학사의 위대한 문학가이기도 하다. 그는 초사의 대표적 작가로, 〈이소(離騷)〉, 〈천문(天問)〉, 〈구가(九歌)〉, 〈구장(九章)〉, 〈초혼(招魂)〉 등등이 그의 작품이다.

이중에서 〈이소〉는 그의 대표작이자 『초사』의 대표작이며 중국문학을 대표하는 작품이기도 하다. 중국 최장(最長)의 서정시(抒情詩)이면서 불후의 낭만주의 걸작이다. '이소(離騷)'의 의미에 대해서는 그 의견이 분분하였지만, 오늘날 '이(離)'는 '만나다, 봉착하다', '소(騷)'는 '소란, 혼란'이라는 뜻으로 해석하는데 큰 이견이 없다. 다음은 〈이소〉 중 일부분에 불과하지만 굴원의 뜻이 어디에 있는가를 잘 보여주고 있다. 또한 굴원은 작품에서 향기로운 꽃이나 향기, 갓이나 띠 등으로 자신의 고고(孤高)함이나 절개(節槪), 선량(善良)한 마음을 비유적으로 표현하고 있다.

⊙ 이소(離騷)

朝飮木蘭之墜露兮	아침에는 목란에서 떨어지는 이슬 마시고
夕餐秋菊之落英	저녁에는 가을 국화에서 떨어지는 꽃잎 먹는다.
苟余情其信姱以練要兮	진실로 내 마음 아름답다면
長頗頷亦何傷	오랫동안 주린들 또한 어찌 해가 되겠는가?
(생략)	
不吾知其亦已兮	나를 알아주지 않아도 또 그뿐이리니
苟余情其信芳	내 마음은 정녕 꽃다운 것을
高余冠之岌岌兮	이 내 높은 갓을 더욱 높여주오
長余佩之陸離	이 내 긴 띠를 더욱 길게 늘여주오
芳與澤其雜糅兮	방향과 악취가 섞여 있는 속에서도
唯昭質其猶未虧	깨끗한 천성은 깎이지 않네
忽反顧以遊目兮	홀연 뒤돌아 멀리 바라보니
將往觀乎四荒	광할한 대지의 사방이 보이네
佩繽紛其繁飾兮	이 몸에 긴 띠 한결 빛 어려
芳菲菲其彌章	온 몸에 아름다운 향기 풍기네.
民生各有所樂兮	인생을 즐기는 품성이 저마다 다른데
余獨好脩以爲常	나만이 유독 아름다움을 좋아하여 늘 그러하니
雖體解吾猶未變兮	사지가 찢겨도 변심하지 않을지어늘
豈余心之可懲	어찌 이 내 마음 바꿀 수 있으리오

이처럼, 〈이소〉에는 작가의 초(楚)나라에 대한 애국주의적 충정(忠情)이 담겨있기 때문에, 오늘날 굴원을 '애국주의 시인(詩人)'이라고 부르기도 한다. 그의 이러한 작품 경향은 후에 송대(宋代)의 육유(陸遊)와 신기

질(辛棄疾)에게도 깊은 영향을 미친다.

⊙ 어부사(漁父辭)

이 역시 굴원의 작품이다. 강호(江湖)로 추방당했을 때 만든 작품이다. 굴원과 어부의 대화로 이루어져 있다. 어부는 아마도 당시 은둔지사(隱遁之士)였을 것이다. 〈어부사〉는 혼탁한 세상을 당하여 자신의 절개와 지조를 굽히지 않고 세상과 맞설 것인가, 아니면 세상에 맞추어 살 것인가라는 질문을 던져주고 있다. 다음은 작품의 전문(全文)이다.

굴원이 조정에서 쫓겨나서 강호를 방황할 적에 안색이 초췌하고 몰골이 초라하였다. 어부가 그를 보고 묻기를 "그대는 삼려대부가 아니십니까? 무슨 연고로 이곳에 와있는 것입니까?" 하자, 굴원이 답하기를 "온 세상이 혼탁하거늘 나만 홀로 맑고 뭇사람들이 모두 취해 있거늘 나만 홀로 깨어있는지라 이렇게 쫓겨나게 되었습니다." 하였다. 그러자 어부가 이르기를 "성인(聖人)은 사물에 얽매이지 아니하고 세상을 따라 변하여 옮겨가나니, 세상 사람들이 다 혼탁하거든 어째서 당신도 그렇게 살지 아니하셨소? 뭇사람들이 모두 취했거든 어째서 당신도 그렇게 살지 아니하셨소? 무슨 까닭으로 깊이 생각하고 거동을 고상하게 하여 스스로 추방당하게 하셨소?" 하니, 굴원이 답하기를 "내 들으니, 새로 머리 감은 자는 반드시 관의 먼지를 털어서 쓰고 새로 목욕한 자는 반드시 옷의 먼지를 털고서 입는다고 합니다. 그러니 어찌 이 깨끗한 몸에다 더러운 것을 묻게 하리오? 차라리 저 상수(湘水)로 가서 물속의 고기 뱃속에 나를 장사지낼지언정 나를 세속의 티끌로 더럽게 할 수는 없소." 하였다. 그러자 어부가 빙그레 웃고 노로 뱃전을 두드리고 떠나가면서 노래하기를 "창랑의 물이 맑으면 내 갓끈을 빨고 창랑의 물이 흐리면 내 발을 씻으리라." 하였다. 마침내 떠나가 버려서 더 이상 말을 나눌 수 없었다.

屈原既放, 游於江潭, 行吟澤畔, 顏色憔悴, 形容枯槁。漁父見而問之曰 : "子非三閭大夫與? 何故至於斯?" 屈原曰 : "擧世皆濁, 我獨淸。衆人皆醉,我獨醒。是以見放。" 漁父曰 : "聖人不凝滯於物, 而能與世推移。世人皆濁, 何不淈其泥而揚其波? 衆人皆醉, 何不餔其糟而歠其醨? 何故深思高擧, 自令放爲?" 屈原曰 : "吾聞之, 新沐者必彈冠, 新浴者必振衣。安能以身之察察, 受物之汶汶者乎。寧赴湘流葬於江魚之腹中, 安能以皓皓之白, 而蒙世俗之塵埃乎? 漁父莞爾而笑, 鼓枻而去。乃歌曰 : "滄浪之水淸兮, 可以濯吾纓。滄浪之水濁兮, 可以濯吾足。" 遂去不復與言。

송옥(宋玉)

대표 작품 : 〈구변(九辯)〉, 〈초혼(招魂)〉

송옥(宋玉, 기원전 290?~기원전 223?)은 전국시대 초나라 사람으로 저명한 사부가(辭賦家)이며, 전(傳)하는 바에 의하면 굴원의 제자라고 한다. 그는 굴원과 달리 출신이 한미(寒微)하여 벼슬길에서는 늘 불우하였다. 그러나 그는 문학으로 불후(不朽)의 사람이 되었다.

『한서·예문지(漢書·藝文志)』에는 그의 작품으로 16편이 있다고 하였으나 지금은 그 편목(篇目)을 살필 길이 없다. 지금 전하는 바로는 〈구변(九辯)〉, 〈풍부(風賦)〉, 〈적부(笛賦)〉 등 12편이 있다. 이 중에서 송옥의 작품으로 확실한 것으로는 〈구변〉 한 편이다.

〈구변〉은 불우한 문인이 가을바람이 쓸쓸히 부는 속에서 그의 애달픈 심정을 토로한 것으로 그 분위기가 무척 침울하다. 다음은 일부분을 절록한 것이다.

⊙ **구변(九辯)**

　　슬프다, 가을이여
　　쓸쓸히 초목은 시들고 낙엽진다
　　서글퍼라, 먼 타향에 있는 듯,
　　산에 오르고 물에 임하여
　　돌아가는 길손 보내는 듯하다
　　공활한 가을 하늘은 높고 맑으며

고요한 가을 시냇물 잔잔하고 맑다

悲哉, 秋之爲氣也。

蕭瑟兮草木搖落而變衰,

憭慄兮若在遠行, 登山臨水兮送將歸。

泬寥兮天高而氣淸, 寂寥兮收潦而水淸。

이밖에도 다음과 같은 작가들의 작품이 수록되어 있다.

- 회남수산(淮南水山) : 〈초은사(招隱士)〉

- 경차(景差) : 〈대초(大招)〉[1]

- 동방삭(東方朔) : 〈칠간(七諫)〉

- 엄기(嚴忌) : 〈애시명(哀時命)〉

- 왕포(王褒) : 〈구회(九懷)〉

- 가의(賈誼) : 〈석서(惜誓)〉

- 유향(劉向) : 〈구탄(九歎)〉

- 왕일(王逸) : 〈구사(九思)〉

『초사』의 특징

1. 6, 7언구(言句) 위주

일반적으로는 6언이 더 많은데, 이는 세 글자의 3언을 중복하여 사용한 형식이다. 특히, 첫 번째 연의 중간에 '혜(兮)' 자를 넣는 것이 특징이다.

---

1 이를 굴원(屈原)의 작품이라고 보는 경향도 있다.

2. 완만한 절도(節度)

이는 양자강 유역의 남방 문학에서 보이는 지역적 색채라고 할 수 있는데, 즉 북방보다 따뜻한 지역에 처해 있기 때문에 북방문학보다 비교적 여유로운 템포를 지닌다.

3. 화려한 색채와 환상(幻想)의 낭만적 수법 및 상징적 비유수법

서술 방법으로 비유(比喩), 환유(換喩) 등 아름다운 문체들을 사용하고 있는데, 이는 북방문학의 대표인 『시경(詩經)』이 소박(素朴)하고도 사실적(寫實的)으로 표현하는 것과 대조를 이루고 있다.

4. 초나라 지역의 풍토, 지리, 민간신앙의 보고(寶庫). 낭만주의 문학

샤머니즘이 성행하였던 초나라에는 많은 신화, 전설, 가요가 존재하였는데, 이러한 토양 속에서 문학적인 형식과 내용을 갖춘 초사작품이 형성되었다. 이를 다섯 가지로 요약하면 다음과 같다.

① 남방국가인 초나라의 시체(詩體).

② 활발한 리듬으로 음악에 가까운 운문(韻文).

③ 낭만적이고 서정적임.

④ 자유분방하고 신비스러움.

⑤ 중국 문학사상(中國文學史上) 최초로 작가의 이름이 등장.

5. 남방문학의 특징 구비(具備)

남방문학의 특징을 정리하면 다음과 같이 나눌 수 있다.

① 농후한 지역적 특색.　　② 풍부한 상상력.

③ 華美(화미)한 문체.　　④ 자유분방한 형식.

⑤ 뚜렷한 종교적 색채.　　⑥ 신화와 전설의 대량 채용.

『시경(詩經)』과 『초사(楚辭)』 비교

	시경	초사
번성지역	북방(황하유역중원지방)	남방(양자강유역)
형식상	단시(短詩), 4언 위주	장시(長詩), 6,7언 위주
내용상	사실적, 평민적	낭만적, 귀족적
	현실주의적	초현실주의적

후대에 끼친 영향

1. 『초사』의 형식적 특징이 후대(後代) 부(賦) 문학의 모태가 됨.

2. 『초사』의 과장된 수사법이 한대(漢代)의 부(賦) 장르에 직접적으로 계승되면서, 남국(南國)적이고 개인적인 『초사』의 서정적 특성이 후대 시가(詩歌)에 많은 영향을 끼치게 됨.

3. 도연명(陶淵明), 이백(李白) 등의 낭만주의 작가들 역시 『초사』의 영향을 받음.

예시 이백(李白)의 〈산중문답(山中問答)〉

4. 시체(詩體)의 대변혁 : 전국 말년(戰國 末年)과 양한(兩漢)시대의 시가(詩歌)에 직접적으로 영향을 줌.

5. 부(賦)와 변려문(騈儷文)의 발전을 촉진시키고, 낭만주의적 내용 특성은 당, 송(唐, 宋)의 낭만시풍(浪漫詩風)에 큰 영향을 미침.

→ 하지만 이러한 부(賦)와 변려문(騈儷文)의 발전은 결국 내용(內容)보다 형식(形式)을 중시하는 형식주의(形式主義)의 편향적인 발전을 촉진시켰다는 부정적인 측면도 있다.

문학사적 의의(文學史的 意義)

1. 선진시대(先秦時代) 말기이자 전국시대(戰國時代) 말기인 기원전 4
백년 무렵에 이르러, 굴원(屈原)이 출현함으로써 중국문학에 큰 변화가
일어남.

→『초사』는 남방문학의 시작이다.

2.『초사』는 초나라에서 일어나 오랜 세월 굳어 있던 북방문학의 단시
(短詩) 형식을 깨고 그 자리를 대신함.

3.『초사』의 가치 :『시경(詩經)』의 오랜 시체(詩體)에서 벗어나는 혁
신을 이룩함으로써, 이후의 문학에 지대한 영향을 끼칠 문학사상(文學思
想)의 신기원을 열었다는 점.

6장

사기
(史記)

『사기(史記)』의 개괄

1. 『태사공자서(太史公自序)』에 따르면, 사마천(司馬遷)은 서명(書名)을 『태사공서(太史公書)』라고 했고, 그가 세상을 떠난 후 『태사공서』 혹은 『태사공기(太史公記)』로 불리다가, 삼국시대(三國時代) 이후부터 『사기』로 불리게 됨.

2. 『태사공서』는 "태사령(太史令)을 지낸 사람이 쓴 책"이라는 의미.

사마천(司馬遷)

B.C. 145~B.C. 85년경 중국의 천문관(天文官), 역관(譯官)이자 최초의 위대한 역사가로 2세기까지 중국에서 나온 역사서 가운데 가장 중요한 것으로 꼽히는 『사기』의 저자.

집필 배경

1. 사마천(司馬遷) : 전한(前漢)시대 출생. 집안 대대로 사관(史官)을 지냄.

2. 아버지 사마담(司馬談)이 죽은 뒤 태사령의 관직에 오름.

3. 부친이 모아놓은 역사 기록을 기초로 황실 도서관의 사서(史書) 연구.

4. B.C. 104년(한 무제 원년 : 漢 武帝 元年) 황제가 보낸 원정군이 패퇴(敗退)했을 때, 사마천이 나서서 패장(敗將) 이릉(李陵) 장군을 변호하다가 황제의 노여움을 사 결국 궁형선고(宮刑宣告)를 받음.

5. 자살을 생각하기도 했지만, 치욕을 극복하고 옥중(獄中)에서 130권

에 달하는 『史記』 집필.

『사기(史記)』의 체제[1]

본기(本紀) 12편

1. 총 12편으로 구성 : 오제(五帝) 본기, 하(夏) 본기, 은(殷) 본기, 주(周) 본기, 진(秦) 본기, 진시황(秦始皇) 본기, 항우(項羽) 본기, 고조(高祖) 본기, 여후(呂后) 본기, 효문(孝文) 본기, 효경(孝經) 본기, 효무제(孝武帝) 본기

2. 중국 건국 초기의 오제(五帝)로부터 시작해서 한(漢)나라 무제(武帝)에 이르기까지의 역사를 움직인 제왕(帝王)들의 전기(傳記).

표(表) 10편

1. 총 10편으로 구성 : 삼국(三國) 세표, 십이제후(十二諸侯)연표, 6국 연표, 제후왕(諸侯王) 연표 등.

2. 〈본기〉에 나오는 제왕과 제후들의 흥망의 역사적 사실을 일람하기 위한 연표(年表).

3. 역사적 사건을 연대기적으로 기록.

4. 대부분의 표 앞에 짧은 서(序)가 붙어 있음.

예문 '진은 처음에 소국이었고, 궁벽지고 멀리 있어 중국 여러 나라들이 손님처럼 접대하는, 마치 융적과도 비등한 나라였는데 헌공 이후로는 늘 제후국들 중에서도 강국이었다.'

---

1 총 130편.

서(書) 8편

1. 총 8편으로 구성 : 예서(禮書), 악서(樂書), 율서(律書), 역서(曆書), 천관서(天官書), 봉선서(封禪書), 하거(河渠書), 평준서(平準書).

2. 정치와 문화 등 제도나 현실을 기록한 문화사(文化史)적인 서술.

3. 한 분야에 대해 상고(上古)로부터 당시까지의 유래와 변천을 적었고, 실제적인 운용을 기록.

4. 사마천은 이를 통해 현실을 고발하고 해결방안을 모색함.

5. 후대 사서(史書)에 영향을 미쳐, 반고(班固)의 『한서(漢書)』에 '지(志)'라는 체제로 계승.

세가(世家) 30편

1. 총 30편으로 구성 : 제태공(齊太公)세가, 노주공(魯周公)세가, 진(秦)세가, 초(楚)세가, 월왕(越王)세가, 조(趙)세가, 위(魏)세가, 한(漢)세가, 공자(孔子)세가, 진섭(陳涉)세가 등.

2. 제왕 아래서 열국(列國)의 통치를 위임 받은 제후(諸侯)의 집안 계보와 사적을 나라별로 기술한 전기.

3. 제후는 아니지만 공자, 진섭, 조참, 진평 등이 제후와 대등한 지위로 〈세가〉에 기록되어 있는데, 이는 사마천의 가치관을 잘 반영하고 있는 대목이다. 다시 이야기해서, 사마천은 단순히 선천적인 태생과 신분 또는 지위로 인물을 평가하지 않고, 후천적 노력을 통해 얻은 결과를 대단히 중시하고 있다.

열전(列傳) 70편

1. 총 70편으로 구성 : 백이(佰夷), 노자(老子), 한비자(韓非子), 손자(孫子), 중니제자(仲尼諸子), 맹자(孟子), 순경(荀經) 등.

2.『사기』에서 가장 방대한 부분을 차지.

  3. 제왕과 제후를 둘러싼 영웅호걸(豪傑)에서부터 정치가, 군인, 학자를 위시하여 시정(市井)의 서민(庶民)에 이르기까지 개인의 전기(傳記)를 차례로 기술(記述).

  4. 중국 전체의 광범위한 역사를 다루고 있음.

작품 특징

  1. 신분 고하를 막론한 객관적 비판자세를 견지하여, 음란하고 포악한 제왕들의 작태를 밝히고 폭군들의 죄악을 규탄하였으며, 나아가 그들의 멸망의 필요성을 드러냄.

  2. 통치 집단 내부의 첨예한 모순과 그들 사이의 아귀다툼을 사실되게 반영.

  3. 중하층 사회 출신 사람들의 우수한 품성과, 사회적 약자(弱者)를 보호하는 용감한 영웅적 행위 칭송(稱頌).

  4. 애국영웅들과 역사적으로 중대한 기여를 한 역사 인물들을 열정적으로 구가(謳歌).

  5. 사회현실의 암흑상을 폭로하고 백성들의 고통 반영.

역사적 의의

1. 중국 최초의 통사(通史)

  황제(黃帝, 약 B.C.27세기)부터 요(堯), 순(舜), 하(夏), 상(商), 서주(西周), 춘추전국(春秋戰國), 진(秦), 한(漢) 무제(武帝) 때까지의 약 2600년 동안의

역사를 담고 있다.

2. 인물중심으로 기술하는 기전체(紀傳體) 방식의 시초

기전체란 기사(紀事)와 전기(傳記)를 합쳐서 만든 표현으로, 이는 제왕을 중심으로 하는 사건을 기록한 기사와, 신하와 인물의 전기를 본기, 표, 서, 세가, 열전의 형식으로 전개하는 방식을 뜻한다. 따라서, 제왕, 신하, 역사적 인물을 중심으로 각 인물들의 성품, 통치제도, 문물, 경제 등 왕조 전체를 넓게 이해할 수 있다.

문학적 특징

1. 속담(俗談), 속어(俗語)의 서술과 적절한 이용.
2. 구어(口語)를 사용하여 현장에 있는 듯한 생생한 표현.
3. 뛰어난 문장력.
4. 창조성 넘치는 문학적 실천. 선명한 개성과 생동감 넘치는 스토리, 등장인물 사이의 갈등, 현장에 있는 듯한 현실적이고도 생생한 대화, 예상을 뛰어넘는 방대한 편폭(篇幅)의 구조 등을 두루 갖춤.

산문은 춘추전국시대에 『맹자』, 『장자』와 같은 의론성의 제자산문(諸子散文)과 『좌전』, 『전국책』 같은 서사성의 역사산문이 화려하게 꽃을 피웠다. 한나라에 이르러서도 이 전통은 이어진다. 가의(賈誼)는 〈과진론(過秦論)〉과 〈치안책(治安策)〉으로, 조착(鼂錯)은 〈논귀속소(論貴粟疏)〉 등으로 앞 시대의 제자산문의 전통을 잇고, 후대 의론산문에도 일정한 영향을 끼쳤다. 그렇지만 한대(漢代) 산문의 대표는 역시 사마천의 『사기』와 반고(班固)의 『한서(漢書)』일 것이다. 이 두 산문은 앞 시대의 역사 산문을 잘 계승하면서 후대 산문에 지대한 영향을 끼쳤다. 그중에서도 『사기』의 〈진시황(秦始皇)본기〉, 〈항우(項羽)본기〉, 〈고조(高祖)본기〉, 〈진섭(陳涉)세가〉, 〈백이(伯夷)열전〉, 〈굴원가생(屈原賈生)열전〉, 〈신릉군(信陵君)열전〉, 〈관안(管晏)열전〉, 〈염파인상여(廉頗藺相如)열전〉, 〈유협(遊俠)열전〉, 〈자객(刺客)열전〉 등등은 모두 인구에 회자되는 작품으로, 이 모두 후대로 내려가면서 사서(史書)로서 보다 오히려 문학 산문의 본보기로서 더욱더 널리 읽혔다. 참고로 조선조의 저명한 문인인 김득신(金得臣 : 1604, 선조 37~1684, 숙종 10)은 〈백이열전〉을 억만 번 읽었다 하며, 따라서 그의 서재도 억만재(億萬齋)로 이름하였다 한다.

다음은 〈항우본기〉에서 유방이 홍구에서 항우를 만나 위험에 처했을 때, 번쾌가 회동장소로 가서 그 주군 유방을 구하는 장면이다.

> 번쾌가 즉시 칼을 차고 방패를 들고는 군문을 들어가려 하였다. 보초를 서는 병사들이 막아서자 번쾌가 방패로 치니 병사들이 쓰러졌다. 번쾌가 마침내 들어가서 장막을 들치고 서쪽을 향해 서서는 눈을 부릅뜨고 항왕(항우)을 노려보았는데, 머리카락은 위로 곤두서고 눈꼬리는 찢어질 대로 찢어졌다. 항왕이 무릎을 세워서 앉고 "그대는 무엇을 하는 자인가?" 하고 물으니, 장량이 "패공(유방)의 호위장군 번쾌라는 자입니다." 하였다. 항왕이 "장사로다. 저 자에게 술 한 잔을 내리라" 하니, 즉시 큰 잔에 술이 주어졌는데, 번쾌는 감사의 인사를 하고 일어나 선 채로 벌컥벌컥 마셨다. 그러자 항왕이 "그에게 돼지 다리 하나를 주어라" 하니, 즉시 익히지 않은 돼지 다리 하나를 주었다. 그러자 번쾌는 방패를 땅에 엎어놓고 그 위에 돼지 다리를 척 올려놓고는 칼을 뽑아서 쓱쓱 잘라 먹었다. 항왕이 "장사로다! 더 마실 수 있겠는가?" 하니, 번쾌가 "신은 죽음도 피하지 않는 사람인데 술 한 잔을 어찌 사양할 수 있겠습니까! 진나라 왕에게

흉악한 마음이 있어서, 다 죽이지 못하는 것이 우려되는 듯 사람을 함부로 죽이고, 만들어 놓은 형벌을 다 사용하지 못하는 것을 걱정하는 듯 사람에게 형벌을 내리니, 천하가 모두 그에게 등을 돌렸습니다.…"

噲卽帶劍擁盾入軍門, 交戟之衛士欲止不內, 樊噲側其盾以撞, 衛士仆地. 噲遂入, 披帷西向立, 瞋目視項王, 頭髮上指, 目眥盡裂. 項王按劍而跽曰 : "客何爲者?" 張良曰 : "沛公之參乘樊噲者也." 項王曰 : "壯士! 賜之巵酒!" 則與斗巵酒, 噲拜謝, 起立而飮之. 項王曰 : "賜之彘肩!" 則與一生彘肩, 樊噲覆其盾于地, 加彘肩上, 拔劍切而啗之. 項王曰 : "壯士能復飮乎?" 樊噲曰 : "臣死且不避, 巵酒安足辭? 夫秦王有虎狼之心, 殺人如不能擧, 刑人如恐不勝, 天下皆叛之.…

『사기』의 글은 이처럼 인물 및 사건 묘사에 있어서 문답과 개성적이고 생동적이고 형상적인 묘사, 잘 짜인 스토리(story) 등으로 그 문학적 성취를 극대화 하고 있는 바, 이는 훗날의 산문뿐만 아니라 소설과 희곡에도 큰 영향을 끼쳤다. 아울러 『사기』에 등장하는 각양각색의 인물과 사건들은 직·간접적으로 후대 문학에 끝없는 창작 동기를 부여하여 재생산되고 재창작되고 있으니, 그 풍부한 문학 콘텐츠로서의 기여 또한 문학사 상에서 의미심장한 것이라 할 것이다.

후대에 미친 영향

1. 통사(通史)와 정사(正史)의 모범이 됨.
2. 인물전기(人物傳奇)로서 후세 서사산문(敍事散文)의 모범이 됨.
3. 기전체(紀傳體)라는 형식을 창안해 체제와 서술방식에서 새로운 지평을 엶.
4. 『한서(漢書)』에 지대한 영향을 줌.

5. 후세에 시, 소설, 희곡(戱曲)에도 소재(素材)와 제재(題材) 방면에서 큰 영향을 미침.

7장

한부
(漢賦)

부(賦)의 개괄

1. 시(詩)와 산문(散文)의 요소를 함께 지닌 문학형식.

2. 본래는 『시경(詩經)』의 육의(六義) 중 하나로서 시가(詩歌) 창작의 한 기법.

3. '부'는 굴원(屈原)의 〈이소(離騷)〉에서 발달한 형식으로, 한대(漢代)에 와서 주관적이고도 서정적(抒情的)인 '소(騷)'와는 대조적으로 서사적(敍事的)인 묘사와 해설을 위해 사용.

4. 운율(韻律)이 '소'에 비해 자유롭고, 운(韻)의 양식은 비교적 덜 제한적임.

한부(漢賦)

1. 한대(漢代)의 대표적인 귀족적 궁중문학(宮中文學).

2. 운문과 산문이 결합된 문답식(問答式) 작품.

3. 초사문학(楚辭文學)이 쇠퇴하고 변화하여 생성된 것.

4. 한대(漢代) 정치 및 경제의 안정으로 발전할 수 있었음.

한부(漢賦)의 체제

1. 초사의 '혜(兮)' 자(字)를 탈락시키고 4, 6句의 자수율(字數律)을 혼용하여 반복적인 리듬을 완화시켜 산문화(散文化)함. 따라서 초사보다 산문성이 강함.

2. 기교와 수사(修辭)가 중심이 된 형식주의적 문장으로, 전고(典故)를

많이 사용.

3. 구송(口誦)은 할 수는 있으나 음악에 맞추어 가창할 수 없음.

→ 바로 이러한 특징이 부(賦)와 시가(詩歌)의 차이점이다.

한부(漢賦)의 특징

1. 개인적인 특수한 감정이나 경험과 사상, 개성적인 문장 등이 거의 무시당함.

2. 문인(文人)들이 황제와 귀족들을 의식하면서 그들에게 봉사하는 일종의 아부문학.

3. 객관적인 사물을 미사여구(美辭麗句)로 서술, 극히 아름답게 표현하려 함.

4. 화려, 과장, 낭만적 기교, 장편화(長篇化)로 문학적 효용성 보다는 자체적 미의식 추구.

5. 수사(修辭)를 통한 문학의 가능성 발견.

한부(漢賦)의 작품

1. 매승(枚乘)의 〈칠발(七發)〉

줄거리

초(楚)나라 태자가 병이 났다는 소식을 듣고 오(吳)나라 문객이 찾아가 신기하고 재미있는 이야기들인 음악(音樂), 음식(飮食), 거마(車馬), 궁원(宮苑), 전렵(田獵), 관도(觀濤), 논도(論道) 등의 일곱 가지 일을 말하였으나 태자의 병에 차도가 없자, 마지막으로 요언묘도(要言妙道)의 방술

(方術)을 설명함으로써 태자의 병이 치유하였다는 내용. 이는 풍요로운 물질생활의 폐단(弊端)이 수도(修道)를 통해 극복될 수 있다는 이치(理致)를 일깨워주는 일종의 우화(寓話)라고 할 수 있다.

이 작품은 모두 8단(段)으로 이루어지는데, 구체적으로 그 내용을 요약해보면 다음과 같다.

① 제1단 : 오나라 객(客)의 초 태자 병문안을 서술.

② 제2~7단 : 일곱 가지 일[음악(音樂), 음식(飲食), 차마(車馬), 궁원(宮苑), 전렵(田獵), 관도(觀濤), 논도(論道)] 등을 묘사.

③ 제8단 : 오나라 객(客)이 '요언묘도(要言妙道)'의 방술(方術)을 설명함으로써 태자의 병 치유.

초(楚)나라 태자(太子)와 오(吳)나라 객(客)의 문답체(問答體)로, 화려하고 사치스러운 기이한 사물과 왕궁에서 사는 지체 높은 사람들에 대한 이야기.

구성 특징

① 감각적이고 호사스런 내용을 대량(大量)으로 다룸.

② 산문화의 3. 4. 5. 7. 9언구(言句)를 다양하게 사용.

③ 풍부한 은유(隱喩)기교로 서술.

④ 이후 한부는 매승의 〈칠발〉을 모범으로 하여 지어짐.

2. 사마상여(司馬相如)의 〈자허부(子虛賦)〉와 〈상림부(上林賦)〉

〈자허부(子虛賦)〉의 줄거리

초(楚)나라의 사신(使臣) 신분으로 제(齊)나라에 가게 된 자허(子虛)가 초나라왕의 사냥터인 운몽(雲夢)의 화려함을 묘사하자, 제나라의 오유선생(烏有先生)이 제나라의 바닷가 맹제(孟諸)는 운몽보다 더 대단하다고 반박하는 내용. 특히 운몽의 지세(地勢)와 풍광(風光), 지질(地質)과 특이한

광물(鑛物), 식물과 화초들에 대해 장황하게 묘사.

여기서 등장하는 자허(子虛)와 오유선생(烏有先生)은 모두 그 자체로 허구화(虛構化)된 인물임을 암시하는데, '자허'는 '허구화된 인물'이라는 뜻으로, 그리고 '오유'는 '까맣게 있다', 즉 '새까만 거짓말'이라는 의미로 해석할 수 있다. 이 〈자허부(子虛賦)〉와 〈상림부〉의 특징으로는 운문과 산문의 결합이라는 점과 사물과 경치에 대한 과장된 묘사법을 들 수가 있는데, 특히 사냥터의 웅대함 등을 묘사하는 나열식(羅列式) 묘사방법은 후세에 많은 영향을 미치게 된다.

〈상림부(上林賦)〉의 줄거리
천자(天子)의 사냥터인 상림원(上林苑)의 화려함을 묘사.

한(漢)나라 무제(武帝)가 어느 날 우연히 〈상림부〉를 읽고는 이처럼 뛰어난 작가와 같은 시대에 살고 있지 않음을 아쉬워하자, 곁에 있던 신하가 그 작품의 작가는 사마상여라는 인물로서 현재 살아있다고 대답했다. 이에 무제는 사마상여를 바로 조정(朝政)으로 불러들여 높은 벼슬을 주고 매우 아꼈다고 전해지는데, 이때부터 문인들 사이에는 부(賦)를 지어 출세하려는 풍조가 생겨나게 되었다. 재미있는 사실은 사마상여가 〈상림부〉를 지은 본래 의도가 황제의 사치스러움을 비판하려 한 것이었으니, 결국 비판의 대상이었던 황제에 의해 오히려 총애를 받게 되는 아이러니컬한 결과를 낳게 된 것이다. 바로 이러한 일화(逸話)에서 '권백풍일(勸百諷一)'이라는 표현이 생겨나는데, 이는 작품의 본질인 풍간(諷諫, 완곡하게 잘못을 고치라고 표현하는 것)이 화려하고도 형식적인 표현에 의해 묻히는 것을 지칭한다.

4대 대표작가

1. 사마상여(司馬相如)

조(趙)나라의 인상여(藺相如)를 흠모하여 작명(作名)함. 글자 선택에 있어 모양과 소리를 고려하여 썼으며 매우 정형화(定型化)된 형태를 취하고 있음.

대표작 : 〈자허부〉, 〈상림부〉, 〈장문부(長門賦)〉, 〈미인부(美人賦)〉

→ 인상여와 염파의 이야기를 통해 오늘날 널리 알려진 '문경지교(刎頸之交)'라는 성어(成語)가 생겨났는데, 사마상여는 바로 인상여의 인품을 존경하여 그의 필명을 상여라고 지은 것이다. 전국시대 조(趙)나라 혜문왕(B.C.298~266) 때, 뛰어난 장수가 있었으니 염파(廉頗)라고 하였다. 그는 미천한 신분 출신인 인상여(藺相如)가 말 몇 마디로 조나라를 위기에서 구함으로써 재상(宰相)이 되자, 매우 못 마땅히 여겨 그를 만나기만 하면 크게 모욕을 주겠노라고 공언을 하였다. 이에 인상여는 계속 염파를 피하기만 하자, 그의 하인들이 불만을 가지고 왜 그런지 묻자, "진(秦)나라 같은 강대국이 작고 보잘 것 없는 조나라를 감히 넘보지 못하는 이유는 염파장군과 나 인상여가 있기 때문인데, 우리 둘이 다투면 결국 이 조나라는 망할 것이다. 내가 염파장군을 피하는 이유는 국가의 위급을 먼저 생각하고 사사로운 원수는 나중으로 미루었기 때문이네."라고 하였다. 하인들을 통해 이 이야기를 전해들은 염파는 바로 상의를 벗고 가시나무를 어깨에 두른 채 인상여에게 달려가 사죄했고, 둘은 이후 막역한 친구가 되었다.

2. 양웅(揚雄)

사마상여, 매승 등 이전 시대 작가들의 부(賦)를 모방하는 풍조가 형성되는 데 큰 작용을 함.

→ 양웅의 대표작인 〈감천부(甘泉賦)〉, 〈우렵부(羽獵賦)〉, 〈장양부(長楊賦)〉, 〈하동부(河東賦)〉 등은 대부분 사마상여의 〈자허부(子虛賦)〉를 모방하여 지었으므로, 양웅이 앞 시대 부 작가들의 작품을 모방하는 풍조(風潮)를 형성하는 데

큰 작용을 한 것은 분명하지만, 만년(晚年)에는 온갖 미사여구(美辭麗句)를 통해 '권백풍일(勸百諷一 : 백 가지를 권하고 한 가지를 풍자)' 하는 부작(賦作)을 한갓 어린아이들의 조충전각(雕蟲篆刻) 놀이에 불과한 것이라 하여 대장부(大丈夫)라면 하지 말아야 한다고 비판하고 부 창작을 그만두었다.

3. 반고(班固)

사관(史官)이자 문학가. 대구(對句)의 다량 운용으로 문장이 세련되고 우아하게 느껴짐.

4. 장형(張衡)

지식인이자 과학자로서 천문학에 관심이 많았음.

대표작 〈귀전부(歸田賦)〉.

산체 대부(散體大賦)

1. 서술형으로 쓰여 편폭(篇幅)이 큼.

2. 지나친 과장과 겉치레에 치중된 수법으로 궁원(宮苑)의 장대(壯大)한 아름다움, 수도의 번화함 등을 묘사. 왕실(王室) 중심의 귀족적(貴族的) 소재가 대부분.

3. 대표적 작품 : 매승(梅乘) 〈칠발(七發)〉, 사마상여(司馬相如)의 〈자허부(子虛賦)〉와 〈상림부(上林賦)〉, 동방삭(東方朔)의 〈답객난(答客難)〉, 반고(班固)의 〈양도부(兩都賦)〉.

서정 소부(敍情小賦)

1. 서정시처럼 압축해서 편폭이 작음.

2. 지식인 개인의 생각을 비교적 개성적인 방식으로 진지하게 표현. 농촌(農村) 중심의 서민적(庶民的) 소재가 많음.

3. 한대(漢代)의 사회적 모순에 대한 비판을 담은 작품이 상당수.

4. 대표적 작품으로는 장형(張衡)의 〈귀전부(歸田賦)〉, 채옹(蔡邕)의 〈술행부(述行賦)〉, 조일(趙壹)의 〈자세질사부(刺世嫉邪賦)〉 등이 있음.

→ 〈귀전부〉는 전원적(田園的)인 흥취(興趣)가 담겨 있고, 산체대부에서 서정 소부로 넘어가는 과도기적인 지표가 된다. 〈술행부〉는 백성들의 빈곤한 생활에 대한 동정(同情)과 뜻있는 사람들의 억압에 대한 분노를 표현하였고, 〈자세질사부〉는 한대(漢代)의 정치 횡포와 관리들의 부패(腐敗)에 대해 서술하고 있다.

서정 소부(敍情小賦)의 발달 배경

1. 동한(東漢) 중엽(中葉) 이후에 정치부패와 가렴주구(苛斂誅求)로 농촌이 피폐해짐.

2. 통치계급모순 발생.

3. 농민 기의(起義)와 군벌 혼전 국면 전개.

4. 제왕(帝王)의 공덕(功德)만을 칭송하고 화려한 어휘들만 가득 늘어놓던 장편(長篇)의 경향을 변화시켜 시세(時勢)를 조소(嘲笑), 풍자(諷刺)하는 서정영물(抒情詠物)의 단편(短篇)으로 점차 변화.

한부(漢賦)의 의의(意義)

1. 『시경』과 『초사』 이후 새롭게 일어난 문체(文體)로서, 양한(兩漢) 400년간 문인창작의 주요한 양식(樣式)이 됨.

2. 부(賦)의 발달을 통해 중국 문장은 회화(繪畫)나 음악을 감상하듯, 문장의 의의(意義)에 관계없이 문장 자체의 아름다움과 묘미(妙味)를 즐길 수 있는 독특한 경지 구축. 순수 문학의 가능성 타진.

3. 아름다운 단어의 나열이나 벽자(僻字)등의 빈번한 사용으로 문학 작품의 어휘를 풍부하게 함.

4. 묘사 기교 발전의 촉진제 역할.

후대에 끼친 영향

1. 문자유희(文字遊戲)라는 단점에도 불구하고, 표현기교 측면에서 후세의 사부(辭賦) 발전에 지대한 영향을 미침.

2. 훈고학(訓古學)과 수사학(修辭學)에 풍부한 자료 제공.

3. 현란한 수사, 단어의 나열, 벽자(僻字)의 운용 등으로 후대 중국문학의 어휘(語彙)를 풍부하게 하고 어구(語句)의 단련과 묘사 기교 증진.

4. 부(賦)의 흥성으로 후한(後漢) 때 문장(文章) 개념이 등장하게 되고, 미약하게나마 문학(文學)과 학술(學術)을 분리하여 순수문학 관념 형성 촉진.

8장

악부시
(樂府詩)

악부(樂府)의 개괄

1. 악부(樂府)란 본디 한무제(漢武帝) 때 음악을 관장(管掌)하는 관서(官署)의 명칭.

2. 한위(漢魏)부터 남북조(南北朝)시대에 이르기까지 중국 민간(民間)에 유행하였던 작가를 알 수 없는 노래들을 악부에서 채집하여 정리한 것.

→ 악부시(樂府詩)라고도 한다.

악부시(樂府詩)

1. 미시적(微視的) 의미 : 악부(樂府)에서 제작한 노래의 가사(歌辭) 및 민간에서 채집한 가사와 음악을 수정한 것.

2. 거시적(巨視的) 의미 : 한대(漢代) 이후 문인(文人)들이 민간(民間)에서 채집(採集)한 악부시(樂府詩)의 정신과 형식을 계승하여 모방한 작품. 다시 말해서, 문인들이 민간 작품을 윤색(潤色) 또는 모방하여 지은 가사(歌辭)로서, 악곡(樂曲)에 붙인 자유로운 형식의 시가(詩歌)를 통칭(統稱)하는 것으로 의미가 확대됨.

작품 주제

1. 애정과 그리움.
2. 사회적 갈등.
3. 인생무상(人生無常).

4. 권면(勸勉)과 풍자(諷刺).

→ 이러한 악부시는 작가가 따로 나타나 있지 않다.

『악부시집(樂府詩集)』 100권

북송(北宋)의 신종(神宗 : 1067~1085) 때의 곽무천(郭茂倩)이 편찬한 악부시가집(詩歌集)으로, 작품마다 해제(解題)를 하여 악부시 연구에 중요한 자료로 쓰인다.

1. 郊廟歌辭 12卷(교묘가사 12권)

804수(首), 고대 제왕들의 제사에 사용된 악가

2. 燕射歌辭 3卷(연사가사 3권)

161수, 고대 통치자가 연회 때 사용한 악가

3. 鼓吹曲辭 5卷(고취곡사 5권)

255수, 조회(朝會)·전렵(田獵)·여행 등에 사용

4. 橫吹曲辭 5卷(횡취곡사 5권)

302수, 행군(行軍)할 때 사용한 악가

5. 相和歌辭 18卷(상화가사 18권)

826수. 본디 민간가요이나, 한대(漢代)에 악부 설립 후 樂으로 편입

6. 淸商曲辭 8卷(청상곡사 8권)

707수, 원천이 상화 삼조[三調 : 청(淸)·평(平)·슬(瑟)]임

7. 舞曲歌辭 5卷(무곡가사 5권)

179수, 배무(配舞)의 악가로 아무(雅舞)와 잡무(雜舞)로 나뉨

8. 琴曲歌辭 4卷(금곡가사 4권)

187수, 고금곡조(古琴曲調)와 어울리는 악가

9. 雜曲歌辭 18卷(잡곡가사 18권)

830수, 작품 주제가 다양해서 잡곡이라 칭함

10. 近代曲辭 4卷(근대곡사 4권)

337수, 잡곡(雜曲)이며 수당시대(隋唐時代) 작품이 대다수

11. 雜歌謠辭 7卷(잡가요사 7권)

372수, 요순(堯舜) 이래로 수당(隋唐)시대에 까지 이르는 순수문학으로, 작품 대다수가 음악과 어울리지 않음

12. 新樂府辭 11卷(신악부사 11권)

429수. 당대(唐代) 신가(新歌) 모음집

작품 감상

⊙ **동문행(東門行)**

出東門, 不顧歸

동문을 나가서 돌아오지 않기로 작정한다

來入門, 悵欲悲

집에 들어와서는 슬픔에 겹네

盎中無豆米儲, 還視架上無懸衣

독 안에는 남은 쌀 없고 둘러봐도 윗대엔 걸려 있는 옷 없네

拔劍東門去, 舍中兒母牽衣啼

칼 빼들고 동문으로 나서려니 집의 아이는 어미 옷 부여잡고 우네

"他家但願富貴, 賤妾與君共鋪糜

남들은 부귀만을 바란다지만 저는 당신과 죽이라도 먹으며 살래요

上用倉浪天故, 下當用此黄口兒

위로는 푸른 하늘 있으시고 아래로는 이 어린것들 생각해야지요

今非!” “咄! 行! 吾去爲遲! 白髮時下難久居”

지금은 안돼요. 닥쳐요! 가야지! 내 이미 나서는 게 늦었소! 흰머리 되도록 이대로 살 순 없소!

감상 이 작품은 한 가난한 집의 가장(家長)이 헐벗은 처자(妻子)의 몰골을 보다 못해 동문 밖으로 나가서 강도짓이라고 하려고 칼을 빼들고 나서려하자, 아내가 이를 말리는 이야기로 이루어진 서사(敍事) 구조의 시가(詩歌)이다. 작품은 부부간의 대화와 입말을 통해 전개됨으로써 입체감과 생동감을 더해주고 있다.

⊙ **상야(上邪)**

上邪,

상야

我欲與君相知,

내가 당신과 서로 알고서는

長命無絶衰.

영원히 끊어지거나 이울지 않으려 하니

山無陵, 江水爲渴,

산에 언덕이 없어지고, 강물이 마르고

冬雷震震, 夏雨雪,

겨울에는 천둥이 우르르, 여름에는 눈이 내려

天地合, 敢與君絶.

하늘과 땅이 합칠 때에야 감히 그대와 끊어지리

감상 이 작품은 두 연인(戀人)이 하늘을 두고서 자기들의 사랑은 영원히 변치 않을 것임을 맹세하는 연가(戀歌)로, 그 감정표현이 매우 진솔하다.

특징

1. 진솔한 삶을 소재. 『시경(詩經)』의 현실주의 계승.

2. 시(詩), 악(樂), 무(舞)의 혼합.

3. 대화체(對話體 : 서사성과 사실주의를 부각), 구어적(口語的 : 인물의 언어 묘사와 심리 묘사를 통해 효과적으로 인물의 성격 부각) 표현 수법.

형식

1. 종묘악부 : 4언(言) 시경체(詩經體), 6언(言) 초사체(楚辭體)의 혼용.

2. 민간악부 : 자유로운 형식이나, 주로 5언 위주로 한대(漢代)의 민간 고시(民間古詩)[1]와 비슷한 형태로 발전하였기 때문에, 오늘날 5언시(言詩)의 근원을 악부에서 찾게 됨.

3. 제목 : 일반적으로 뒤에 ~행(行) , ~인(引) , ~곡(曲) , ~음(吟) 등을 붙임.

악부시와 『시경』

1. 악부시(樂府詩)와 『시경(詩經)』 모두 사회현실을 진솔하게 반영한 현실주의 문학. 그러나 『시경(詩經)』의 국풍(國風)은 대부분이 서정시(抒情詩)인 데 반해, 악부시(樂府詩)는 "감어애락, 연사이발"[2]이기 때문에

---

1 대표 古詩 19首.

2 感於哀樂, 緣事而發 : 슬픔과 기쁨의 느낌을 받고, 사실에 연유하여 발로하다.

서사시가 대부분.

→ 『시경』의 아(雅), 송(頌)은 서사시의 성격이 강하다.

2. 악부시는 시경의 4언체(言體) 구식(句式)을 타파하여, 자유롭고 다양한 형식을 보여줌.

후대에 미친 영향

1. 두보(杜甫)에 의해 신악부(新樂府)로 계승. 이를 백거이(白居易) 등이 현실적 비판 내용으로 보다 발전시키게 됨.

2. 악부 민요의 사실주의전통 계승.

3. 건안풍골(建安風骨)에 영향을 줌.

→ 건안(建安)이란 동한(東漢) 말기(末期) 헌제(獻帝)의 연호(年號)를 뜻하고, 건안풍골(建安風骨)은 이 기간 동안 나온 문학작품의 경향을 지칭하는 표현으로, 작품을 통해 혼란스러운 국면에서 안정된 생활 건립에 대한 이상(理想)을 표현하였을 뿐 아니라, 문학에 있어서의 의기(意氣)를 강조하였다. 대표적인 문인들로는 삼조(三曹)[3]와 건안칠자(建安七子)가 있다. 당시 나라가 혼란스럽고 전쟁이 빈번하던 때에 이들은 통일에 대한 의지나 백성들의 고충(苦衷)에 대한 동정(同情) 등의 심정을 작품을 통해 반영하였다. 조조(曹操)의 작품을 일례로 살펴보자.

⊙ **단가행(短歌行)**〉

對酒當歌	술을 들고 노래하네
譬如朝露	아침이슬 같으리니
慨當以慷	슬퍼하며 탄식해도

---

3 조조(曹操), 조비(曹丕), 조식(曹植)

何以解憂	무엇으로 근심 풀까
人生幾何	인생이 얼마나 되든가
去日苦多	지난날의 많은 고통
憂思難忘	근심 잊기 어려우니
唯有杜康	오직 술만이 있을 뿐이네.

이 작품에서 조조는 난세(亂世)를 슬퍼하고 세월의 무상(無常)함을 탄식하고 있는데, 작품 전반적으로 강개(慷慨)하고도 처량(凄凉)함이 깊게 배어 있어, 당시 문학의 시대적 특색을 잘 대변해 주고 있다.

4. 오언시(五言詩)로 변형, 문학의 내용에도 영향.

→ 글자수 증가에 따른 편폭의 확대에 따라, 반영하는 내용 역시 훨씬 풍부하고 다채로워졌다.

5. 중국 시(詩) 발전의 바탕 마련.

6. 민가풍(民家風)의 작품이 보여준 서정(抒情)과 사회시(社會詩)는 후세 중국문학 창작에 많은 영향을 끼침.

9장

도연명
(陶淵明)

도연명(陶淵明)

본명은 도잠(陶潛)으로, 문 앞에 버드나무 다섯 그루를 심어 놓고 스스로 오류(五柳)선생이라 칭함. 동진(東晉) 시기 시인(365~427)으로, 진군참군(鎭軍參軍), 건위참군(建衛參軍), 팽택현(彭澤縣)의 현령(縣令) 등을 지냄.

시대적 배경

정치적 혼란으로 왕실과 사족(土族)세력이 약화되고, 무력적 신흥군벌(新興軍閥) 대두.

왕을 유폐(幽閉)하거나 시해(弑害)함으로써, 사회 전체적으로 혼란해지고 백성들의 삶이 궁핍해지고 어려워짐.

도연명의 생애

제1기(第一期) : 정치 입문 전

1. 8살 때 부친상(父親喪), 12살 때는 후모상(後母喪)을 당하는 등 불우한 삶을 지냄.

2. 29세 이전으로 학문에 힘쓰고 농사를 짓고 살았음.

3. 이 시기에 지었던 대표적인 작품으로는 〈한정부(閑情賦)〉와 〈걸식(乞食)〉이 있음.

⊙ 한정부(閑情賦)[1]

起攝帶以伺晨	일어나 허리띠 매고 날 밝기를 기다리니
繁霜粲於素階	수북히 쌓인 서리 흰 섬돌에서 빛난다
雞斂翅而未鳴	닭은 날개를 접고 울지 않는다
笛流遠以淸哀	피리소리 멀리 퍼지니 맑아서 더 슬프다
始妙密(一作密勿)以閒和	처음에는 섬세하고 평화롭더니
終寥亮而藏摧	끝내 높은 소리로 멀리 퍼지니 슬프고 애닲다
意夫人之在玆	저 님(부인)이 여기 있다고 생각하고
託行雲以送懷	떠가는 구름에 마음을 부친다
行雲逝而無語	떠가는 구름 가고는 말이 없다
時奄冉而就過	시간은 살처럼 흘러가 버린다

감상 남녀의 감정을 솔직히 표현한, 사랑을 주제로 한 작품이다.

⊙ 걸식(乞食)

飢來驅我去	배고픔에 서둘러 말 몰아가다
不知竟何之	마침내는 어디로 갈 곳이 없어
行行至斯里	가다가다 이 곳 마을에 이르러
叩門拙言辭	문 두드리고 구차한 말을 하니
主人解余意	주인이 나의 뜻과 처지를 알고
遺贈副虛期	맞아주니 헛걸음은 아니었네
談話終日夕	오가는 얘기에 하루 저녁 가고
觴至輒傾杯	잔을 돌리니 연거푸 잔이 비네
情欣新知歡	어느덧 정들어 새 기쁨을 알고
言詠遂賦詩	기쁨을 말로 읊으니 시가 되네

---

1 일부만 발췌.

感子漂母惠	내게 베푼 은혜 고맙기만 하고
愧我韓才非	나의 재주 없음 마냥 부끄러워
銜戢知何謝	몸 둘 데 없는 은혜 어찌 보답할
冥報以相貽	죽어서라도 다시 만나 보답하리라

감상 도연명의 걸식경험을 나타낸 작품이다.

제2기(第二期)

1. 29세에서 41세까지 여러 차례 벼슬을 지내다가 다시 고향으로 돌아왔던 시기.

2. 대표작 : 〈귀거래혜사(歸去來兮辭)〉

⊙ 귀거래혜사(歸去來兮辭)[2]

歸去來兮	돌아가자,
請息交以絶游	세상과의 교유를 끊을지어다
世與我而相違	세상과 나는 서로 어긋나니
復駕言兮焉求	다시 수레를 몰고 나간들 무엇을 얻으리요
悦親戚之情話	친척들의 정거운 이야기에 기쁘고
樂琴書以消憂	거문고와 책을 즐기니 시름이 사라지네
農人告余以春及	농부들이 나에게 봄이 왔음을 알리니
將有事于西疇	장차 서쪽 밭에 나아가 농사를 지으려 하네
或命巾車	때로는 천막을 친 수레를 타고
或棹孤舟	때로는 조각배를 타고 노를 저을 지어니
既窈窕以尋壑	깊은 골짜기를 찾기도 하고
亦崎嶇而經丘	울퉁불퉁 언덕을 넘기도 하네
木欣欣以向榮	나무들은 싱싱하게 뻗어나 자라고

---

2 일부만 발췌.

泉涓涓而始流　샘물은 졸졸 흘러가기 시작하네

善万物之得時　세상 만물이 때를 만남을 부러워하니

感吾生之行休　내 삶이 여기서 끝남을 탄식하노라

감상 관직(官職)을 버리고 고향인 시골로 돌아온 심경을 밝힘으로써, 세속과 결별(訣別)하고자 하는 내용의 작품이다.

제3기(第三期)

1. 42세에서 죽을 때까지 그가 철저히 은퇴했던 시기.

2. 유가(儒家)와 도가(道家)사상이 혼재된 양상을 보임.

3. 벼슬을 그만두고 전원(田園)에 은거(隱居).

4. 대표작 : 〈도화원기(桃花源記)〉, 〈잡시(雜詩)〉

⊙ 잡시(雜詩)

人生無根蔕　인생은 뿌리없이 떠다니는 것

飄如陌上塵　밭 두렁의 먼지처럼 표연(가볍고 거침이 없음)한 것

分散逐風轉　바람따라 흐뜨러져 구르는

此已非常身　인간은 원래 무상한 몸

落地爲兄弟　땅에 태어난 모두가 형제이니

何必骨肉親　어찌 반드시 골육만이 육친인가

得歡當作樂　기쁨 얻거든 마땅히 즐거야 하며

斗酒聚比隣　말 술 이웃과 함께 모여 마셔라

盛年不重來　젊은 시절은 거듭 오지 않으며

一日難再晨　하루에 아침 두 번 맞지 못한다

及時當勉勵　때를 놓치지 말고 부지런히 힘써라

歲月不待人　세월은 사람을 기다려 주지 않는다

감상 인생을 살아가는 데 있어 근면하고 권학(勉學)을 권장한 작품이다.

⊙ 도화원시(桃花源詩)[3]

雖無紀曆誌	비록 달력의 기록이 없더라도
四時自成歲	사계절이 한 해를 알려주며
怡然有餘樂	화락한 즐거움이 있으니
於何勞智慧	어찌 정신을 노고롭게 하리
奇蹤隱五百	기이한 자취 오백 년을 숨었다가
一朝敞神界	하루아침 신기한 경계를 드러내었네
淳薄既異源	순후 부박함이 근원이 이미 다르니
旋復還幽蔽	이내 신기한 경계 다시 숨어버렸소
借問遊方士	방내(方內)에 노니는 이들에게 묻나니
焉測塵囂外	어찌 방외(方外)의 일을 헤아릴 수 있으리
願言躡輕風	원컨대 가벼운 바람을 타고
高舉尋吾契	높이 날아올라 나의 동심(同心)을 찾으리

감상 자연과 더불어 사는 삶에 대한 예찬을 노래한 작품이다.

도연명 작품의 특징

1. 고체시(古體詩)를 최고의 경지에 올려놓은 문인.

→ 고체시(古體詩)란 당대(唐代) 이전에 널리 쓰인 제약이 없는 자유로운 시(詩)의 형태를 말한다. 근체시(近體詩)에 비해 압운(押韻)이나 편폭(篇幅)에 제한이 없고, 4, 5, 6, 7, 잡언(雜言) 등의 형식이 있다.

2. 고상(高尙)한 인품과 특출한 시재(詩材)로 인생의 슬픔과 기쁨을 담박(淡泊 : 욕심이 없고 마음이 평온한 상태)하면서도 깊이 있게 표현함.

---

3 일부만 발췌.

3. 솔직하고 진실한 시정(詩情)과 고박(古朴 : 꾸임없이 순수)하고 평담
(平談 : 마음이 고요하고 욕심이 없음).

4. 관직(官職) 진출(進出) 여부와 관계없이, 자유로운 생활태도와 정신
세계를 반영.

5. 유가사상과 도가사상이 혼재된 양상을 보이는 제3기에서는 낭만
주의 작품경향도 보임.

→ 〈도화원시(桃花源詩)〉의 "願言躡輕風, 高舉尋吾契(원컨대 가벼운 바람을 타
고, 높이 날아올라 나의 동심(同心)을 찾으리)" 구(句)는 평범하고도 솔직담백한
느낌을 주기보다는, 현실을 초월한 낭만주의적 성격이 더 강하다고 할 수 있
다.

표현수법

1. 소나무, 국화, 난초, 새, 구름 등 자연물을 소재로 하여 의인화(擬人化).

2. 이러한 자연물을 통해, 비유적으로 자신의 인격을 드러냄.

3. 비흥(比興)과 상징(象徵), 기탁(寄託 : 자연물에 의탁)의 수법이 탁월함.

→ 이러한 비흥(比興)과 상징(象徵)수법으로 자연물을 통해 자신의 인격을 드
러낸 것은 굴원(屈原)의 〈이소(離騷)〉에서 영향을 받은 것이라고 할 수 있다.

4. 전원경치와 자연경물(景物)의 묘사, 인물의 형상화.

문학적 의의

1. 소박하고도 세련된 언어로 자기의 심오한 감정을 표현.

2. 소박하고 세련된 필법으로 전원(田園)생활에 대한 찬미.

3. 서진(西晉)이래 일시 유행하였던 변려문(駢麗文)의 경향 배격. 미사여구(美辭麗句)로 미화(美化)하기보다는 소탈하고 자유로운 필체로 후대에 많은 문학작품에 영향을 줌.

→ 변려문(駢麗文)은 공허한 미사여구(美辭麗句)를 사용하여, 작품이 전달하려는 내용보다는 형식적인 미(美)를 추구하였다.

후대에 미친 영향

1. 진솔한 내용, 담담한 전원생활의 풍취(風趣) 등, 독자적(獨自的)인 새로운 주제를 개척해내어 시문학(詩文學) 창신(創新)에 기여.

2. 사(士) 계층의 인생태도를 자극하고, 후대 시인들의 고체시(古體詩) 모방을 이끌어냄.

3. 순응자연(順應自然)과 물아일체(物我一體)정신을 일깨워줌으로써 생명의 존엄성과 자연의 삶에 대한 이상향(理想鄕)을 제시하고, 삶의 문제에 대한 진지한 성찰(省察)을 유도.

4. 당대(唐代)에 들어서, 왕유(王維), 맹호연(孟浩然), 위응물(韋應物), 유종원(柳宗元) 등의 자연파(自然派) 시인들에게 깊은 영향을 줌.

10장

문심조룡(文心雕龍)

시품(詩品)

문선(文選)

중국 문학은 『시경(詩經)』이 출현한 이래로 『초사(楚辭)』를 거쳐 한(漢), 위진 남북조(魏晉 南北朝)를 통해 수많은 문학 창작이 이루어졌다. 이러한 창작활동의 바탕 위에서, 문단(文壇)에서는 지금까지의 문학에 대한 비평(批評)과 이러한 비평을 기반으로 한 문학 선집(選集)이 출현하는데, 그 대표적인 것으로 유협(劉勰)의 『문심조룡(文心雕龍)』, 종영(鐘嶸)의 『시품(詩品)』, 소명태자(昭明太子)의 『문선(文選)』이 있다.

유협(劉勰)의 『문심조룡(文心雕龍)』

『문심조룡(文心雕龍)』

1. 구분 : 문학평론서(評論書).
2. 특징 : 총화적(總和的) 문학 비평의 거작(巨作)이자, 장편의 문학이론서(理論書).
3. 저자 : 유협(劉勰)

유협(劉勰)

1. 중국 육조시대(六朝時代 : 465~521년으로 추정) 양(梁)나라의 문예평론가(文藝評論家).
2. 역대(歷代)의 문학 활동에 대한 반성(反省)과 사색(思索)을 통해 차별화된 종합적인 문학이론서를 폄.
3. 문학을 시대의 반영(反映)으로 간주하고, 문학 비평에 있어서 육관(觀)을 주장.
 → 육관(六觀)이란 위체(位體), 치사(置辭), 통변(通變), 기정(奇正), 사의(事義), 궁상(宮商) 이 여섯 가지 측면을 보고 작품을 분석해야 한다는 평가의 기준이

다. 여기서 위체(位體)는 문학작품의 형체(形體)를 뜻하고, 치사(置辭)는 어휘(語彙) 선택을 말하며, 통변(通變)은 전통의 계승과 변혁을 의미한다. 기정(奇正)은 정통(正統)과 이단(異端)을 뜻하고, 사의(事義)는 작품의 내용이나 그를 통한 주장(主張)을 말하는 것이며, 마지막으로 궁상(宮商)은 음악적 부분 즉 운율(韻律)을 뜻한다.

『문심조룡』의 체제

1. 10권 50편으로 구성.

① **총론** : 1편 원도(原道)─5편 변소(辨騷).

　문학에 대한 작자의 기본적 견해 서술. 『문심조룡』의 이론적 기초가 됨.

② **문체론** : 6편 명시(明時)─25편 서기(書記).

　각종 문체(文體)의 역사적 발전 과정 및 작가와 작품의 정황(情況) 등 서술.

③ **창작론** : 26편 신사(神思)─44편 총술(總術).

　창작 과정에 대한 견해 및 창작에 대한 요구를 밝힘.

④ **비평론** : 45편 시서(時序)─49편 정기(程器).

　과거의 문풍(文風)과 작가의 성과에 대한 평론 및 비평의 방법에 대한 탐구.

⑤ **서지(序志)** : 마지막 편(篇)이자 서문(序文)으로, 작가의 창작목적 및 저술(著述) 전반(全般)의 배치의도(排置意圖) 설명.

　→ 이를 크게 두 부분으로 나누어 정리해보면, 앞의 25편은 문학의 근본원리에 대해 논술(論述)하고 각 문체(文體)에 관한 문체론(文體論)에 대해 언급하고 있는데 반해, 뒤의 25편에서는 문장 작법(作法)과 창작론(創作論)에 대해서 다루고 있음을 알 수 있다.

2. 전체가 사륙변려문(四六騈儷文)인 미문(美文)으로 쓰임.

→ 사륙변려문은 후한(後漢) 중 말기(中末期)부터 당(唐) 중기까지 유행한 문체로서, 변려체(騈儷體)나 변문(騈文) 또는 사륙문(四六文)이나 사륙변려문(四六騈儷文)이라고도 불린다. 여기서 변(騈)이란 한 쌍(雙)의 말이 마차를 끈다는 뜻이고, 여(儷)는 부부라는 뜻인데, 특징으로는 문장이 4자(字)와 6자(字)를 기본으로 한 대구(對句)로 이루어져 수사적(修辭的)으로 미감(美感)을 준다는 점을 들 수가 있다.

예문 歌謠文理, 與世推移, 文變染乎世情, 興廢繫乎時序.(가요문리, 여세추이, 문변염호세정, 홍폐계호시서)

가요와 문장의 이치는 세상과 더불어 변화하고, 글의 변화는 세상 물정에 물들고, 홍폐는 시서에 달렸다.

변려문(騈儷文)의 필수조건

1. 개념(概念) 및 문법적인 기능이 서로 대응하는 2개의 구(句)로써 대구(對句)를 이루어 문장의 대부분을 구성.

2. 문장의 전편(全篇)이 4자구(字句) 위주(爲主)가 되고, 6자구(字句)를 이에 따르도록 구성.

3. 문장 말미(末尾) 및 중간에서 일정한 규칙에 따라, 평측(平仄)을 안배(按排)하고 문장의 운율을 알맞게 다듬어야 함.

→ 평측(平仄)이란 작시법(作詩法)의 하나로, 한자(漢字)를 그 음(音)의 고저(高低)에 따라 평성(平聲)과 측성(仄聲)으로 나누고 상이(相異)한 평측(平仄)을 앞뒤가 대응(對應)되도록 배열하여 음성(音聲)의 조화를 이루게 하는 법칙을 말한다. 중국어의 한자(漢字)에는 4성(四聲), 즉 평성(平聲), 상성(上聲), 거성(去聲), 입성(入聲)이 있는데, 평(平)은 평성(平聲)을 뜻하고, 측(仄)은 상성(上聲), 거성(去聲), 입성(入聲)을 뜻한다. 하지만 이러한 변려문은 매번 문자(文字) 선

택이라는 번거로움을 주기 때문에, 결국 자유로운 창작활동에 저애(沮礙)요소가 되어 쇠퇴일로(衰退一路)에 서게 된다. 다시 말해서, 변려문은 결국 문학의 내용보다는 형식을 강조하는 경향(傾向)이 강하기 때문에, 후에 내용을 중시하는 학자들에 의해 배척당하게 된다.

4. 단어를 교묘하게 활용하여 문장에 세련미를 갖춤.

『문심조룡』의 특징

1. '문심(文心)'은 마음의 작용(作用)으로 문장을 짓는 원리를 뜻하는데, 이는 창작에 있어서의 내용을 언급한 것임.

2. '조룡(雕龍)'이란 문장을 정교하게 갈고 닦는 수사법(修辭法)을 뜻하는데, 즉 창작에 있어서의 형식을 언급한 것임.

→ 결국 '문심조룡(文心雕龍)'은 창작에 있어서의 내용과 형식을 뜻하는데, 이처럼 유협(劉勰)은 문학 창작에 있어 내용과 형식이 모두 중요하다고 보았다. 그가 형식을 중시한 것은 유미(唯美)주의와 형식주의 경향으로 볼 수 있는데, 이는 후에 변려문 발달의 계기가 된다. 반면에 작품의 내용 전달 역시 매우 중시하였는데, 특히 유희(遊戲)적이면서 풍자(諷刺)적 성격이 강하다.

3. 대구(對句)법이 많이 사용됨.

4. 경서(經書)의 구절들을 자주 인용하여 논거(論據)를 구함.

5. 내용 전달을 뛰어넘어 아름다운 문체(文體) 구사.

『문심조룡』이 후대에 미친 영향

1. 당대(唐代) 이후의 작가와 비평가들에게 큰 영향.

→ 진자앙(陳子昻)은 '풍골(風骨)'과 '흥기(興寄)'를 내세우고, 두보(杜甫)와 백거이(白居易)는 시론(詩論)에서 '비흥(比興)'을 중시하였으며, 한유(韓愈)는 복고(復古)를 주장하였다.

2. 최초로 체계적 문학이론을 제시하여 문학비평의 길을 엶.

3. 문학에 대한 관점의 다양화 형성 계기가 됨.

『문심조룡』의 한계

1. 낭만주의적 작가와 작품에 대해 정확하게 비평하지 못함.

→ 이는 유협(劉勰)의 개인적 한계라기보다는, 현실주의나 낭만주의의 개념이 명확하게 확립되지 못한 당시의 시대적 한계로 보아야 한다. 또한 경학(經學)과 문학(文學)의 개념이 명확하게 분리되지 못한 시대적 한계로 볼 수도 있을 것이다.

2. 문학과 관계되지 않는 주소(注疏), 보적(譜籍) 등의 문체도 논함.

→ 이 역시 경학(經學)과 문학(文學)의 개념이 명확하게 분리되지 못한 시대적 한계로 볼 수 있다.

3. 악부민요(樂府民謠)나 소설(小說)에 대해서는 별로 논하지 않음.

→ 유협(劉勰)이 악부민요(樂府民謠)나 소설(小說)에 대해 언급하지 않은 이유는 이러한 장르를 경시(輕視)했기 때문인데, 이 역시 경학(經學)과 문학(文學)의 개념이 명확하게 분리되지 못한 상황에서 유가사상(儒家思想)과 직접적 연관성이 없는 부분은 언급하지 않던 당시의 시대적 풍조(風潮)에서 그 원인을 찾을 수 있다.

종영(鍾嶸)의 『시품(詩品)』

『시품(詩品)』

1. **구분** : 시(詩) 비평서.
2. **특징** : 시(詩)의 품격(品格) 또는 시에 대한 품평(品評)이라는 의미로, 작품을 상(上), 중(中), 하품(下品)으로 분류하여 평가.
3. **저자** : 종영(鍾嶸).

종영(鍾嶸)

1. 육조시대(六朝時代 : 468~518년으로 추정) 양(梁)나라의 문학가.
2. 최초로 전문적인 시론(詩論)을 펼침.
3. 근본 원칙을 자연에 둠. 즉 문학은 사물(事物)과 인간 사이의 접촉(接觸)과 감응(感應)이라고 주장.

『시품』의 체제(體制)

한대(漢代)부터 양대(梁朝)까지의 시인(詩人) 122명을 품평(品評).

1. 上品 : 조식(曹植), 완적(阮籍), 육기(陸機), 사령운(謝靈運) 등 11명.
2. 中品 : 혜강(嵆康), 곽박(郭璞), 사조(謝脁) 등 39명.
3. 下品 : 반고(班固), 서간(徐幹), 왕융(王融) 등 72명.
→ 각 품(品)마다 서(序)의 형식으로 총평(總評)을 함으로써, 각 시인마다 그 원류를 분류하고 장점과 단점을 평가하였다.

『시품(詩品)』의 문학이념(理念)

개성적 발상(發想)과 표현의 자연성을 존중하는 창조주의를 문학이념으로 여김.

→ 따라서 종영(鐘嶸)은 당시에 유행하던 화려한 형식주의 시체(詩體)를 비판하였다.

『시품(詩品)』의 특징

1. 최초의 전문 평론서(專門 評論書).

→ 문심조룡 이후에 나온 문학 평론 명저(名著)이자 시론(詩論)으로서, 오언시(五言詩) 전반에 대하여 감상(感賞)과 평론을 하였다.

2. 현실에 대한 관심을 반영하는 건안문학(建安文學)의 전통을 계승하여, 수사(修辭)중심의 형식주의를 반대하고 내용을 중시하는 문학적 풍토의 회복 주장.

3. 당대(唐代) 이후의 시론(詩論)에 지대한 영향을 미침.

『시품(詩品)』의 문학적 특징

1. 문학원론(原論)으로서의 자연주의와 창작상의 부(賦), 비(比), 흥(興) 강조.

2. 비평의 기준으로는 개성을 중시하고 수사(修辭) 강조.

3. 지나친 형식미(形式美) 추구 반대.

→ 즉 변려문이나 율시(律詩) 같이 사성팔병(四聲八病)을 중시하는 것에 대해

반대하였다.

『시품(詩品)』의 시가(詩歌)평론 특색

1. 부(賦), 비(比), 흥(興)을 고려하여 작품 품평(品評).

2. 풍(風)과 문채(文彩)를 고려함.

→ 여기서 '풍(風)'은 작품의 내용을, '문채(文彩)'는 작품의 창작기교(創作技巧)를 지칭한다. 따라서 종영(鐘嶸)은 원칙적으로는 유협과 같이 형식과 내용을 모두 중시하였다고 볼 수 있다.

3. 시(詩)의 맛을 중시함.

4. 시(詩)의 명구(名句)를 발췌(拔萃)하여 찬탄(讚嘆)함.

소명태자(昭明太子)의『문선(文選)』

『문선(文選)』

1. 구분 : 시문선집(詩文選集)

2. 특징 : 선진(先秦)부터 양대(梁代)까지 작가 130인의 작품을 선정, 수록한 문집.

3. 저자 : 소명태자(昭明太子)

소명태자(昭明太子)

1. 자(字)는 덕시(德施), 시호(詩號)는 소명(昭明), 이름은 소통(蕭統).

2. 육조시대(六朝時代 : 501~531년으로 추정) 양(梁)나라의 문예평론가.

3. 문인(文人)들과 함께『문선(文選)』을 편찬.

『문선』의 체제

총 30권. 선진─양대(先秦─梁代)에 이르기까지 작가 130인의 작품을 선정 및 수록. 작품 수는 700여 편에 달함.

부(賦), 시(詩), 소(騷), 조(詔), 책(策), 표(表), 서(序), 논(論), 제문(祭文) 등 39종으로 나뉘는데, 그 중 시(詩)와 부(賦)가 전체의 절반가량 차지.

시는 443수(首)이고, 부(賦), 소(騷)에서 제문(祭文)까지의 작품 317편(篇) 수록.

『문선(文選)』의 문학 사상

1. 문(文)과 질(質) 중시

'문(文)'은 형식을 뜻하고, '질(質)'은 내용을 지칭한다. 따라서 소명태자(昭明太子) 역시 유협이나 종영과 마찬가지로 문학의 형식과 내용을 모두 중시했음을 알 수 있다.

2. '침사(沈思)'와 '한조(翰藻)'의 두 조건 중시

이는 자신의 문학관(文學觀)인 동시에 6조(六朝)시대 일반 학자들의 신조(信條)이기도 했다. '침사(沈思)'는 음미할만한 사상적 내용이 있어야 한다는 것이고, '한조(翰藻)'는 감상할만한 문채(文彩)가 있어야 함을 뜻하는데, 이처럼 소명태자는 예술적 구상(構想)을 통하여 문채(文彩)의 아름다움을 꾀한 작품들 위주로 선별(選別)하여 문집을 편찬하였다.

11장

왕유
(王維)

왕유(王維)

자(字)는 마힐(摩詰). 중국문학사의 황금기인 성당기(盛唐期)의 시인, 화가, 음악가(701~761).

9살 때 이미 시작(詩作)을 했고, 개원(開元) 9년(721년) 21세의 나이로 과거에 합격해 태악승(太樂丞)이라는 관직에 임명. 상서우승(尙書右丞)의 벼슬을 역임하여 왕우승(王右丞)이라고도 불림.

시인(詩人)으로의 왕유(王維)

1. 당대(唐代)를 대표하는 자연시인(自然詩人). 맹호연(孟浩然), 위응물(韋應物), 유종원(柳宗元)과 함께 왕맹위유(王孟韋柳)로 병칭.

2. "詩中有畵, 畵中有詩(시 속에 그림이 있고, 그림 속에 시가 있다)"

송대(宋代)의 소동파(蘇東坡)는 그의 작품을 평가.

→ 왕유는 산수전원 시인으로도 유명하지만 회화(繪畵)에서도 남종문인화(南宗文人畵)의 개산조(開山祖)로 일컬어질 만큼 재능이 있었다. 이에 그는 시(詩)에서는 회화의 경지를 추구하고 회화에서는 시의 경지를 추구하여, 시에는 한 폭의 산수전원도가 담기고 그림에는 한 편의 시가 담긴다. 훗날 송대의 소동파는 이를 간파하고 "味摩詰之詩, 詩中有畵, 觀摩詰之畵, 畵中有詩(마힐의 시를 음미해보면 시 속에 그림이 있고, 마힐의 그림을 살펴보면 그림 속에 시가 있다)"라는 유명한 평어(評語)를 남긴 것이다.

한편, 시(詩) 작품 속에 한 폭의 산수전원 문인화(文人畵)가 담김으로써, 왕유의 시에서는 무한한 신운(神韻 : 신묘한 운치)을 느끼게 된다. 이런 시풍은 이후 면면히 이어지면서 만당(晩唐)의 사공도(司空圖), 남송(南宋)의 엄우(嚴羽), 청대(淸代)의 왕사정(王士禎) 등에 의해 크게 발양(發揚)됨으로써 중국 시가사(詩歌史)에서 일정한 위치를 점하게 된다.

3. "이백(李白)은 천재(天才), 두보(杜甫)는 지재(地才), 왕유(王維)는 인재(人才)"

청대(淸代)의 왕사신(王士禎)은 『당현삼미집(唐賢三昧集)』에서 왕유를 시불(詩佛)이라 일컬어 시선(詩仙) 이백, 시성(詩聖) 두보와 함께 존립시킴.

4. 『구당서(舊唐書)』에 의하면, 현존하는 작품은 400여 편.

5. 도연명(陶淵明)의 전원시풍(田園詩風)을 잇는 산수전원시인(山水田園詩人)으로 평가.

왕유(王維) 작품의 특징

1. 산수시(山水詩)에 경물(景物)의 색채미와 구도미, 원근감 등 회화의 특성 운용.

2. 작품 내용은 송별(送別), 증답(贈答), 변새(邊塞), 자연(自然) 등으로 다양하나 자연(自然) 주제의 작품이 주류(主流).

3. 작품에 은자(隱者)로서의 생활과 불자(佛子)로서의 사상이 잘 드러남.

4. 전기(前期)는 도회지의 삶을 소재로 삼은 데 반해, 후기(後期)에는 전원생활과 자연의 정취를 나타내는 작품 위주로, 두 시기의 작품 성향(性向)이 상이(相異)함.

→ 왕유의 시풍(詩風)은 전기와 후기의 것이 크게 다른데, 그 계기가 된 사건이 바로 755년에 발발한 안녹산(安祿山)의 난(亂)이었다. 이때 왕유는 황제를 호종(護從)하지 못하고 오히려 적진의 수중에서 강제로 벼슬까지 하게 된다. 결국 왕유는 이 일로 해서 벼슬이 강등되는 견책(譴責)을 받았는데, 이런 일련

의 사태가 그의 심경 변화에 큰 영향을 끼쳤고, 시풍에도 그대로 반영되었다. 전기의 시풍은 그 정조(情調)가 대체로 적극적이고 진취적이며 시는 변새(邊塞)와 사회모순을 지향하는 반면, 후기의 시풍은 그 정조가 소극적이고 한정(閑情)적이며, 시는 산수전원을 향한다. 또 사상적으로는 불교에 기울게 된다.

5. 『구당서(舊唐書)』의 기록에 의하면 현존하는 왕유의 시는 400여 편. 형식은 오언고시(五言古詩), 율시(律詩), 절구(絶句), 배율(排律) 등 대부분이 오언시(五言詩).

→ 율시(律詩)는 여덟 구(句)로 되어 있는 형식이고, 절구(絶句)는 기(起), 승(承), 전(轉), 결(結)의 네 구(句)로 이루어진 형식, 배율(排律)은 오언(五言)이나 칠언(七言)의 대구(對句)를 여섯 구(句) 이상 늘어놓는 형식이다.

작품 감상

⊙ 녹채(鹿柴)

空山不見人	텅 빈 산 사람의 모습은 보이지 않고
但聞人語響	두런두런 말소리만 들려오네
返景入深林	저녁 햇살 깊은 숲 속 뚫고 들어
復照靑苔上	또다시 푸른 이끼 비추네

감상 〈녹채(鹿柴)〉는 왕유의 선시(禪詩 : 인생의 의미를 불교적으로 심화시킨 시 작품)를 꼽을 때 빠지지 않고 거론되는 작품이다. 1연과 2연에서 느낄 수 있듯 반드시 눈에 보이고 만져서 느낄 수 있는 것만이 전부가 아님을 말하고는 3연과 4연에 와서는 빛조차 들지 않는 울창한 수림 속 바위 틈의 이끼에도 석양 무렵 구름 사이로 역광으로 내리 비치는 한줄기 빛줄기가 수림 속 바위틈의 이끼를 비쳐 그 파란색을 드러내게 함으로 진

리에 목말라하는 어둠속의 뭇 중생(衆生)들에게 그 언젠가는 뜻하지 않는 한줄기 빛이 비수처럼 내려 꽂혀 깨달음을 얻게 할 수도 있음을 노래하고 있다.

⊙ 적우망천장작(積雨輞川莊作)

積雨空林煙火遲	장마철, 빈숲에선 밥 짓는 연기 여릿여릿 피어오르고
蒸藜炊黍餉東菑	명아주 찌고 기장밥 만들어 동쪽 밭으로 내간다
漠漠水田飛白鷺	드넓은 논밭으론 백로 떼 날고
陰陰夏林囀黃鸝	짙푸른 여름 숲에서는 꾀꼬리가 지저귄다
山中習靜觀朝槿	산중생활 익숙하여 아침에는 무궁화 살펴보고
松下淸齊折露葵	소나무 아래 조촐한 식단을 위해 푸성귀를 꺾는다
野老與人爭席罷	은퇴한 시골노인 남과의 자리싸움 파한지 오랜 데
海鷗何事更相疑	갈매기는 무슨 일로 또 다시 나를 의심할까?

감상 〈적우망천장작(積雨輞川莊作)〉은 서정시이고, 주변의 풍류(風流)를 노래한 노래이다. "野老與人爭席罷 海鷗何事更相疑"는 왕유 자신이 "이미 벼슬을 버리고 속세를 떠나와 자리다툼을 하지 않기로 다짐했는데, 또 누가 나를 의심하는가?"라는 뜻으로 산림 속에서 깨끗하고 고요한 생활을 하고 싶다는 간절한 바람이 나타나 있다.

⊙ 종남별업(終南別業)

中歲頗好道	중년이 되면서 자못 도를 좋아하여
晩家南山陲	만년에 남산 기슭에 집하나 마련했다
興來每獨往	흥이 나면 자주 홀로 오가며
勝事空自知	좋은 일에도 그저 혼자서만 알 뿐이다
行到水窮處	한번 나서면 수원지 끝까지도 가보기도 하고
坐看雲起時	적당한 곳에 앉아 구름 피어나는 것을 보기도 한다
偶然値林叟	우연히 숲 속에서 노인이라도 만나면

談笑無環期　　서로 담소하느라 돌아 갈 줄 모른다

감상 〈종남별업(終南別業)〉에서 3, 4행과 5, 6행의 순서가 뒤바뀌어 있다. 시의 전체 분위기에서는 도통(道通)한 도인(道人)의 면모가 여실하여, 어찌 보면 도가(道家)의 신선에 경지에 이른 것 같은 느낌이 든다.

⊙ 송원이사안서(送元二使安西)

渭城朝雨浥輕塵　　위성의 아침에 비가 내려 먼지를 적시고
客舍青青柳色新　　푸르고 푸른 객사에 버들잎 새로워라
勸君更進一杯酒　　그대에게 권하여 또 한자 술을 권하니
西出陽關無故人　　서쪽 양관으로 떠나면 옛 친구도 없으리

감상 〈송원이사안서(送元二使安西)〉는 자연과 인간의 대조를 통한 표현한 작품이다. 이별이 소재이고 친구를 멀리 보내는 안타까운 마음을 직설적으로 토로하지 않고, 술 한 잔 더 권하는 행동으로 절제한 표현이 깊은 여운을 준다.

⊙ 산거추명(山居秋暝)

空山新雨後　　적막한 산중에 내리던 비가 개니
天氣晚來秋　　늦가을 날씨는 더욱 더 쌀쌀하고
明月松間照　　소나무 사이로 밝은 달빛 비치니
清泉石上流　　맑은 샘물은 바위 위로 흐르네
竹喧歸浣女　　대나무 소리 소란하니 아낙네들 돌아가고
蓮動下漁舟　　연잎 흔들리니 고깃배 내려가네
隨意春芳歇　　봄꽃이야 시든지 오래건만
王孫自可留　　그런대로 이 산골에 머물 만하네

감상 오언율시(五言律詩)로서 가을 초저녁 비 온 후의 산촌풍경을 그린

작품인데, 이상적(理想的)인 경지에 대한 시인이 추구하는 바를 기탁했다. 산중에 은거하여 자연에 도취되고자 하는 바람과 관직을 멀리 떠나고자 하는 이상을 표현한 이 작품은, 함축성이 강하여 강(江)을 읊은 〈한강임범(漢江臨泛)〉과 더불어 산(山)을 읊은 명작으로 평가받는다.

왕유(王維)의 작품 주제

인간과 자연이 조화되는 삶, 즉 자연과 인간의 합일(合一) 추구.

왕유(王維)의 작품 의의

1. 참신한 시각적 이미지에 의한 동양적(東洋的) 정경(情景)을 묘사했으며, 또 다른 세계에서 홀로 유유자적(悠悠自適)하게 생활하고 있는 모습을 그려냄.

2. 내면적 행복이 더욱 중요하다는 것을 깨닫고 은둔(隱遁) 생활에 대한 동경을 표현하려 함. 왕유 산수시(山水詩)의 가장 큰 특징은 '形似'(형사)와 '神似(신사)의 결합.

→ '形似(형사)'란 산수의 표면에 드러나는 외형적 형태를 근사(近似)하게 표현해 내는 것이고, '神似(신사)'는 산수의 내면에 드러나는 정신적 면모를 유사(類似)하게 표현해 내는 것이다.

후대에 미친 영향

그의 창작기법은 만당(晚唐)의 사공도(司空圖)에서부터 남송(南宋)의 엄우(嚴羽)와 청대(淸代)의 왕사정(王士禎)에 이르기까지 신운(神韻)을 표방하는 이론의 모범으로서 중국 문예사상사(文藝思想史)에 있어 중요한 미학(美學) 관점으로 확립됨.

12장

이백
(李白)

이백(李白)

1. 이백(701~762). 자(字)는 태백(太白)이고, 호(號)는 청련거사(靑蓮居士). 자칭(自稱) 취선옹(醉仙翁) 또는 광인(狂人)이라 일컬음.

2. 낭만주의(浪漫主義)의 대표시인(代表詩人)으로서, 사실주의(寫實主義)의 대표시인인 두보(杜甫)와 함께 "이두(李杜)"로 병칭(並稱).

→ 이백 작품들의 주된 특징은 마치 신선(神仙)과도 같이 현실을 초월한 자유분방함이기 때문에, 후대 사람들은 그를 시선(詩仙)이라고도 부른다.

3. 일필휘지(一筆揮之)의 천재성과 자유분방함이 특징. 작품에서 술과 달을 자주 노래하였는데, 그의 생애(生涯)와 관련해서는 상당 부분 추측에 의존.

4. 세상을 올바른 길로 이끌고자 벼슬을 추구하였고, 결국 현종(玄宗)에 의해 발탁되었으나 한림학사(翰林學士)라는 직위(職位)는 그가 꿈꾸던 정치권력과는 관련이 없었음.

5. 채석기(采石磯)라는 곳에서 배를 띄워놓고 술을 마시던 중, 강물에 비친 달을 끌어안으려고 뛰어들었다가 익사(溺死)했다는 일화(逸話)가 있음.

이백의 생애

제1기 : 촉중(蜀中) 시기(701~724년)

1. 5세부터 24세까지의 시기로, 학문에의 정진(精進)과 검술(劍術) 수련.

→ 이러한 경험은 그의 영웅적 기개(英雄的 氣槪)를 노래한 작품에 영향을 미

친다.

2. 경서(經書) 및 제자백가(諸子百家) 사상 학습.

→ 이러한 사상적 학습은 제왕 보좌(帝王 補佐), 평천하(平天下)의 유가적(儒家的) 정치사상이 보이는 작품에 영향을 미친다.

3. 당시 유행하던 도가(道家) 사상의 영향을 받음.

→ 은둔(隱遁), 현실초월 및 신선사상 등을 추구한 작품들은 바로 이러한 경험을 토대로 만들어진다.

제2기 : 안육(安陸) 등 만유(漫遊) 시기(724~742년)

1. 24세부터 42세까지의 시기로, 공(功)을 세워 천거(薦擧) 받기 위해 유람하던 시기.

→ 만유(漫遊)는 당대(唐代)의 선비들이 사회 교제를 통해 명예를 얻어 출사(出仕)하기 위한 수단으로 많이 이용되었는데, 이백과 두보가 살던 시기에는 '讀萬卷書, 行萬里路.'라는 말이 있었다 한다. 즉 만 권의 책을 읽고 만 리의 길을 걷는다는 의미로, 이 말은 당시(當時) 학문에 뜻을 둔 젊은이들에게 하나의 시대적 풍조라고 할 수 있었다. 따라서 이 만유에는 여러 의미가 담겨 있었을 것으로 생각되는데, 물론 '당대(唐代)의 선비들이 사회 교제를 통해 명예를 얻어 출사하기 위한 수단'으로 삼은 것도 그중의 하나일 것이다.

2. 유가(儒家)의 적극적 정치 참여와 도가(道家)의 소극적 안분지족(安分知足 : 은거생활) 추구를 결합한 정치적 입장과 태도를 취함.

제3기 : 장안(長安) 시기(742~744년)

1. 42세부터 44세까지의 시기로, 한림학사(翰林學士)로 임명되어 수도(首都)인 장안(長安)에서 정치에 참여.

2. 대신(大臣)들의 배척(排斥)으로, 정치적 포부(抱負) 좌절(挫折).

3. 이 시기 작품의 주요 내용으로는 정치적 좌절감. 조정의 부패(腐敗)에 대한 비판, 음주(飮酒)의 행락(行樂)을 묘사한 일상생활 등이 있음.

제4기 : 동로(東魯), 양원(梁園) 등 漫遊 시기(744~755년)

1. 44세부터 55세까지의 시기로, 이상 실현(理想實現)의 좌절로 인한 두 번째 방랑(放浪) 시기.

2. 명승지(名勝地) 유람, 도사(道士) 방문 등의 신선사상 추구의 삶.

3. 조정에 대한 강도 높은 정치 비판.

→ 하지만 이 시기의 비판시(批判詩)들은 이백의 단순한 현실적 정치비판이 아니라, 신선사상(神仙思想)의 추구를 통한 현실 초월 의지로의 심리 변화가 반영되어 있다.

제5기 : 안사(安史)의 난(亂) 시기(755~762년)

1. 55세부터 62세까지의 시기로, 영왕(永王) 이린(李璘) 사건에 연루되어 야랑(夜郎)으로 유배(流配).

→ 현종(玄宗)의 아들 영왕(永王) 이린(李璘)은 안록산(安祿山)의 토벌을 명분으로 군사를 일으키나 결국 반역죄로 비참한 최후를 맞이하는데, 이백은 당시 이린의 요청으로 그의 수군(水軍)에 합류하였다가 유배를 가게 된다.

2. 이 시기의 작품 경향으로는 조정(朝廷)의 무능(無能)과 부패(腐敗) 비판, 전란(戰亂)의 비극(悲劇) 묘사, 유배를 가는 나그네의 방랑과 고통의 심정 토로(吐露) 등이 있음.

3. 안휘성(安徽省) 당도(當塗)에 사는 친척 이양빙(李陽氷)에게 몸을 의지하다가 병사(病死).

이백의 삶과 문학

1. 오랜 만유(漫遊) 생활로, 다양한 문학 소재(素材) 제공.

→ 이백의 작품세계는 매우 복합적이고 포괄적인데, 이러한 그의 시풍(詩風)과 시작(詩作)의 폭(幅)이 광범위하고 다양한 이유를 바로 오랜 만유 생활을 통한 풍부한 경험에서 찾을 수 있다.

2. 산수 자연을 읊거나, 출세를 위해 지방 관리들에게 바치기 위해 작품 창작.

→ 그 당시의 여느 시인들과 마찬가지로, 이백 역시 유가(儒家)적 입신출세(立身出世) 사상에 입각하여 국사(國事)에 관심을 보였고, 그러한 모습을 피력하기 위한 작품 창작을 하였다. 결국 조정(朝廷)의 천거(薦擧)로 적극 정치에 참여하기도 한다.

3. 도가(道家)사상에 심취. 신선을 추구하거나, 도사(道士)들과의 교우(交友)를 묘사한 현실 초월적 작품도 다수 창작.

→ 이는 이백이 지인(知人)인 원단구(元丹丘)와 호자양(胡紫陽)에게 보낸 작품들을 통해서 엿볼 수 있다. 이백은 작품들을 통해서 신선(神仙)을 동경(憧憬)하는 심정을 표출하였으며, 또한 속세를 떠난 은둔자(隱遁者)의 초연(超然)한 모습을 보이기도 하였다.

이백 작품의 특징

1. 형식(形式)이 엄격한 율시(律詩)보다 비교적 자유로운 고시(古詩)와 절구(絶句)에 뛰어남. 특히 7언절구(七言絶句), 악부시(樂府詩) 형식을 주로 씀.

→ 이백의 오언고시(五言古詩)는 악부민가(樂府民歌)를 계승한 것으로, 일반 백성들의 삶을 솔직 담백하게 표현한 작품들이 많고, 반면 칠언고시(七言古

詩)는 주로 자유로운 형식에 복잡한 사상을 표현하였는데 특히 웅장(雄壯)한 기세(氣勢)와 자유분방(自由奔放)한 감정을 표출한 작품들이 많다.

2. 악부시(樂府詩)는 이백의 작품 중 가장 우수한 문학 형식. 한대(漢代) 이래의 악부시 기초 위에 민가(民歌) 특유의 솔직담백한 언어를 통해 작품의 깊이를 더함.

3. 세속에 구애(拘碍)받지 않고 자신의 감흥(感興)을 자유롭게 일필휘지(一筆揮之)하는 천재성. 이러한 시풍(詩風)은 두보(杜甫)와 상반됨.

→ 중국 고전 시가(詩歌)에서 이백과 두보는 '이두(李杜)'로 병칭(竝稱)되지만, 사실상 그들의 작품세계는 많은 차이가 있다. 이백이 개인적인 사상과 감정을 많이 노래했다면, 두보는 사회모순과 백성들의 고통을 많이 반영하였다. 따라서 이백이 낭만주의 시풍을 대표한다면, 두보는 사실주의, 현실주의 시풍을 대표하며, 이백의 시가 호방표일(豪放飄逸)하다면 두보의 시풍은 침울비장(沈鬱悲壯)하다.

이 두 위대한 시인은 창작 방법에서도 큰 차이를 보이고 있다. 이백은 타고난 천재적 시인이기도 하거니와 워낙 자유분방하여, 한번 시상(詩想)이 떠오르면 대번에 일필휘지(一筆揮之)하여 장강(長江)의 물이 마치 한달음에 만 리(萬里)를 달려가듯 파죽지세(破竹之勢)로 써내려갔다. 따라서 그는 시체(詩體)에 있어서도 형식적 구속이 별로 없는 악부체(樂府體) 등 고체시(古體詩)를 선호하였으니, 악부시(樂府詩)는 이백에 이르러 그야말로 그 최고조에 달했다 할 것이다.

반면에, 두보는 성실과 노력으로 작품을 창작했다. 그는 시 창작에 있어서 독서(讀書)를 매우 중시(重視)하였으며, 시상이 떠오르면 소중히 간직하고서 다듬어 나갔다. 구체적인 표현에 있어서도 시의 형식미를 중요시하였으며, 용자(用字 : 글자 선택)에 있어서도 글자 한 자 한 자에 주의를 기울이면서 퇴고(推敲)를 거듭하였다. 따라서 두보는 시체에 있어서도 시가의 형식미를 중시하는 율시(律詩)를 선호하였고, 이를 최고조로 끌어올려 완성했다는 평가를 받고 있다.

이백은 어지러운 세상을 홀몸으로 얽매임 없이 자유롭게 돌아다닌 반면 두보는 대가족을 책임지는 가장(家長)으로서 식구들을 꼼꼼히 돌보면서 유랑(流浪)하였다. 이런 삶의 방식 차이가 시 창작에도 그대로 반영되고 있는 것이다.

4. 기이(奇異)한 상상력(想像力)과 과장법(誇張法), 의인법(擬人法), 비유법(比喩法) 등을 사용.

→ 이러한 수사법(修辭法)의 활용은 이백의 작품들이 전형적(典型的)인 낭만주의(浪漫主義) 경향을 띄게 하는 요소(要素)가 된다.

작품 감상

⊙ 산중문답(山中問答)

問余何事棲碧山	묻노니, 그대는 왜 푸른 산에 사는가
笑而不答心自閑	웃을 뿐, 대답은 않고 마음이 한가롭네
桃花流水杳然去	복사꽃 띄워 물은 아득히 흘러가나니
別有天地非人間	별천지 따로 있어 인간 세상 아니네

⊙ 망려산폭포(望廬山瀑布)

日照香爐生紫煙	향로봉에 햇빛 비쳐 안개 어리고
遙看瀑布掛長川	멀리에 폭포는 강을 매단 듯
飛流直下三千尺	물줄기 내리 쏟아 길이 삼천 자
疑是銀河落九天	하늘에서 은하수 쏟아지는가

⊙ 장진주(將進酒)

君不見	그대는 보지 못하였는가
黃河之水天上來	황하의 물이 하늘로부터 내려와
奔流到海不復回	바다로 내 닫아서는 돌아오지 않았음을

君不見	그대는 보지 못하였는가
高堂明鏡悲白髮	높은 집 밝은 거울에 비친 서글픈 백발
朝如靑絲暮成雪	아침에 검은 머리 저녁때 백설 됨을
人生得意須盡歡	인생 젊어 득의 찰 때 즐기기를 다할지니
莫使金樽空對月	금 술통 헛되이 달빛아래 두지 말지어다
天生我材必有用	하늘이 나를 이 땅에 보낸 것은 필요가 있었음을
千金散盡還復來	돈이야 흩어졌다 다시 돌아오기도 하는 것이니
烹羊宰牛且爲樂	염소 삶고 소 잡아 맘껏 즐겨 보세나
會須一飮三百杯	한 번 마시기로 작정하면 삼백 잔은 마실 일
岑夫子丹丘生	잠부자여 단구생아
將進酒杯莫停	술 권하거니 잔 멈추지 말고
與君歌一曲	노래 한곡 부를 테니
請君爲我側耳聽	귀 기우려 들어주게
鐘鼓饌玉不足貴	고상한 음악 맛있는 음식 귀 할 것도 없으니
但願長醉不願醒	다만 원컨대 이대로 취하여 부디 깨지 말기를
古來聖賢皆寂寞	예로부터 성현들도 지금 모두 사라져 없고
惟有飮者留其名	오로지 술 잘 마시던 이들의 이름만 남았다네
晉王昔時宴平樂	그 옛날 진사왕이 평락관에서 했던 연회는
斗酒十千恣歡謔	한말에 만냥 술로 질펀히도 즐겼다네
主人何爲言少錢	여보시게 주인양반 어찌 돈이 모자라다 하나
徑須沽取對君酌	어서 가서 술 사오시게 같이 한잔 하시게나
五花馬千金裘	오화마, 천금구 따위의 값비싼 물건일랑
呼兒將出換美酒	아이 불러 어서 술과 바꿔오시게
與爾同銷萬古愁	우리 함께 더불어 만고의 시름 잊어나 보세

⊙ **몽유천로음유별(夢遊天姥吟留別)**

海客談瀛洲	바닷가 나그네 신선 사는 영주를 말하기를
煙濤微茫信難求	안개 낀 큰 물결에 아득하여 가보기 어렵다고
越人語天姥	월나라 사람 천모산에 대하여 말하기를

雲霓明滅或可睹	구름 무지개 나타났다 사라지니 혹 볼 수 있을 거라고
天姥連天向天橫	천모산은 하늘과 연결되어 하늘 향해 펼쳐 있고
勢拔五岳掩赤城	그 기세는 오악을 뽑고 적성을 가리네
天臺四萬八千丈	천대산 사만팔천장 높이도
對此欲倒東南傾	천모산과 비교하면 동남쪽으로 기울어 넘어지네
我欲因之夢吳越	나는 이러함으로 오월을 꿈꾸어
一夜飛渡鏡湖月	하룻밤에 경호의 달을 건너네
湖月照我影	호수의 달은 나의 그림자를 비추고
送我至剡溪	나를 보내어 섬계에 이르게 했네
謝公宿處今尙在	사운령이 묵던 곳 지금도 여전히 남아 있고
淥水蕩漾淸猿啼	푸른 물 출렁이고 맑은 원숭이 울음소리 들리는 곳이네
脚著謝公屐	발에는 사운령의 나막신 신고
身登靑雲梯	몸은 푸른 구름 속 사다리 탔네
(이하 생략)	

⊙ 청평조사(淸平調詞)

1수

雲想衣裳花想容	구름 닮은 옷차림 꽃과 같은 생김새
春風拂檻露華濃	봄바람 난간을 스쳐가고 이슬 맺힌 꽃 짙어만 가네
若非群玉山頭見	만약 군옥산 머리에서 만나지 않았다면
會向瑤臺月下逢	정년 요대의 달빛아래서 만날 수 있으리

2수

一枝紅艶露凝香	붉은 꽃가지 하나에 농염한 이슬이 향기를 맺으니
雲雨巫山枉斷腸	무산의 신녀 속절없이 애끊었을 듯
借問漢宮誰得似	묻노니 한나라 궁중의 누구 같을까
可憐飛燕倚新粧	아리따운 비연이 새 단장하고 뽐내는 모습이리

3수

名花傾國兩相歡	모란꽃과 경국미인이 서로 반길 새
常得君王帶笑看	시종 임금은 웃음 띠고 바라보네
解釋春風無限恨	봄바람에 끝없는 한을 다 풀어내는고
沈香亭北倚欄干	침향정 북쪽에서 난간에 기대어 있노라

후세에 미친 영향

1. 현종(玄宗) 시기는 당 왕조(唐 王朝)의 전성기(全盛期)이자 쇠퇴기(衰退期)로서, 이백은 이 시기의 시대적 모순(矛盾) 정서(情緖)를 묘사하고자 낭만주의적 표현수법을 풍부하게 사용. 낭만주의 예술의 최고봉(最高峰)을 이룸.

2. 풍부한 상상력, 자유로운 형식, 생동적 언어와 참신한 표현으로 독창적인 작품 세계 구현.

→ 이백은 굴원(屈原)의 낭만주의 성과를 계승, 발전시켜 새로운 경지(境地)로 올려놓음으로써 후대에 지대한 영향을 주게 된다. 송대(宋代)의 신기질(辛棄疾), 소식(蘇軾), 육유(陸游) 등과 명·청대(明·淸代)의 고계(高啓), 황경인(黃景仁) 등은 바로 이백의 이러한 낭만주의를 직접적으로 계승하였다.

3. 한유(韓愈)는 그의 작품 〈조장적(調張籍)〉 첫머리에서 "이두문장재(李杜文章在), 광염만장장(光焰萬丈長)", 즉 "이백과 두보의 시(詩)가 있어, 그 빛이 만 리까지 뻗었다."라고 평가.

13장

두보
(杜甫)

두보(杜甫)

1. 두보(712~770). 자(字)는 자미(子美)이고 호(號)는 소릉(少陵)으로, 하남성(河南省) 공현(鞏縣) 출생.

2. 유가사상적(儒家思想的) 성향이 강했고, 당대(唐代) 사실주의적(寫實主義的) 사회시파(社會詩派)의 개척자로서 시성(詩聖) 또는 시사(詩史)라고도 불림.

→ 두보는 이백(李白)의 마치 신선(神仙)과도 같이 현실을 초월한 자유분방한 시풍과는 달리, 당시 백성들의 고달픈 삶을 직접 목독(目讀)하고 이들을 동정(同情)하고 연민(憐憫)하는 작품들을 많이 지었다. 따라서 후대 사람들은 그의 작품을 통한 백성을 위하는 마음이 마치 성인(聖人)과 같다 하여 '시성(詩聖)', 또는 시(詩)로 표현된 역사(歷史)라는 뜻으로 '시사(詩史)'라고도 부르는 것이다.

3. '개원지치(開元之治)', 즉 당(唐)의 중흥기(中興期)에서 안녹산(安祿山)의 난(亂)을 계기로 급격히 쇠퇴해가는 과도기적 혼란시기에, 이백과 동시기(同時期)를 겪음.

→ 현종(玄宗)의 재위기간은 712년부터 756년까지인데, 이는 현종의 연호(年號)를 따서 붙인 개원(開元)과 천보(天寶)년간으로 다시 나뉜다. 개원시대는 당의 중흥기로 역사적으로는 '개원지치(開元之治)'로 불리는 반면, 천보시대는 현종이 양귀비(楊貴妃)를 만나 정사(政事)를 돌보지 않고 향락(享樂)에 빠지게 되어 급기야 안록산이 난을 일으키는 등 쇠퇴일로(衰退一路)하게 되는 기간을 뜻한다. 두보는 젊은 시절이었던 이 기간 동안, 과거(科擧)에 낙방(落榜)하여 각지를 방랑하다가 이백 등과 알게 된다.

4. 삼국(三國)시대 진(晉)나라의 장군을 역임했던 선조(先祖) 두예(杜預)와 조부(祖父)였던 두심언(杜審言) 등의 영향으로, 그의 작품에는 유가사상(儒家思想)적 입장의 치국, 평천하(治國, 平天下)의 소망이 강하게 드러남.

5. 폐병, 중풍, 당뇨병, 배를 집 삼아 지내며 양자강(揚子江) 유역을 주유(周遊)하는 등의 불우(不遇)한 생애를 지내다, 결국 배 안에서 병사(病死). 주요 작품으로는 〈강촌(江村)〉, 〈북정(北征)〉, 〈추흥(秋興)〉, 〈병거행(兵車行)〉, 〈여인행(麗人行)〉 등 약 1,470여 편이 있음.

시풍(詩風)

사실대로 표현하는 수법과 엄격한 성률(聲律)에 의해, 당시의 상황이나 인물의 감정을 섬세하게 묘사.

→ 두보는 작품 창작에 있어, 형식과 내용을 모두 중시하는 경향을 지녔다. 형식에 있어서는 긴밀(緊密)하고도 엄격한 구성(構成)을 강조하였는데, 초당(初唐)에 완성된 금체(今體), 즉 근체율시(近體律詩)의 형식은 두보에 이르러 성숙되었다. 내용에 있어서는 고시(古詩)와 악부(樂府)의 특징을 바탕으로 당시(當時)의 사회모순과 백성들의 고통을 적나라하게 묘사하였는데, 이는 『시경(詩經)』이래의 사실주의(寫實主義)적 풍유(諷諭)정신을 계승한 것이라고 볼 수 있다.

시기별 시풍(詩風)의 변화

제1기 : 방랑 및 벼슬 추구 시기(746~755년)

44세까지의 시기로, 장안(長安)으로 옮겨와 고위 관리에게 벼슬을 구하는 간알시(干謁詩) 창작. 점차 경제적으로 열악해지면서, 귀족들의 사치와 민중의 고통 대해 절감.

제2기 : 안사(安史)의 난(亂) 시기(755~759년)

48세까지의 시기로, 작품을 통해 귀족들의 사치와 민중들의 궁핍한 처지 묘사 등 각종 사회 병폐(病幣) 고발.

제3기 : 성도(成都) 생활 시기 (759~768년)

54세까지의 시기로, 자연 예찬과 심적(心的) 우수(憂愁) 노래.

→ 이 시기에는 어느 정도 마음의 안정을 찾게 되어 자신의 삶을 돌아보며 풍요로웠던 과거와 전란(戰亂)의 상황을 미려한 언어로 묘사하게 되는데, 특히 율시(律詩)가 정점을 이루게 된다.

제4기 : 주유(舟遊) 시기(768~770년)

말년까지의 시기로, 벼슬에 대한 집착과 자연 예찬이라는 이중적 가치관의 모순 속에서 삶을 마감.

작품 특징

1. 고체시(古體詩), 근체시(近體詩) 등 모든 시형(詩形)을 고루 섭렵하여 다양한 형식과 내용을 가진 율시(律詩)를 발전시킴.

2. 육조(六朝) 이래의 화려(華麗)하고도 공허(空虛)한 시풍(詩風)에서 벗어나 사회현실문제에 눈을 돌림으로써 사실주의(寫實主義)를 극대화.

작품 감상

⊙ 강촌(江村)

清江一曲抱村流	맑은 강물 한 굽이 마을을 뒤돌아 흐르고
長夏江村事事幽	긴 여름 강마을에 일마다 한가롭다.
自去自來堂上燕	스스로 가고 오는 대들보의 제비뿐이요
相親相近水中鷗	서로 친하여 가까이하는 물 위의 갈매기구나
老妻畵紙爲碁局	늙은 아내는 종이에 바둑판을 만들고
稚子敲針作釣鉤	어린 아들은 바늘로 낚시를 만드네
多病所須唯藥物	병 잦은 이 몸이 얻고자 하는 것은 오로지 약이니
微軀此外更何求	하찮은 이 몸 이것 외에 또 무엇을 더 원하리오

감상 칠언 율시로, 긴 여름 강촌에서의 안분지족하는 삶을 노래하였다. 상원(上元) 원년(760)년 여름, 작자 나이 49세 때 작이다.

건원(乾元) 2년(759)에 두보는 장안(長安)에서 멀지 않는 화주(華州)의 사공참군(司功參軍)으로 재직하고 있었는데, 이해에 화주를 비롯한 관중(關中) 땅에 대기근이 들었다. 자신의 봉록으로 가족을 부양할 수 없자, 작자는 이해 7월에 마침내 관직을 버리고 유랑의 길에 오른다. 먼저 진주(秦州)로 갔으나 여의치 않자 다시 사천성 성도로 가는데, 천신만고 끝에 이해 섣달에 도착하고, 이듬해 친구들의 도움 등으로 해서 성 밖 완화계(浣花溪) 가에 초당을 짓고 우거한다. 이때에야 비로소 작자는 안정을 조금 찾게 되는데, 〈강촌〉은 바로 이 무렵의 두보 삶을 반영한 작품이다.

2구의 '事事幽'가 핵심어이고 그 나머지 구(句)는 모두 이 말을 자연과 인사 각각의 측면에서 달리 표현해낸 것으로, 특히 흑백의 대결(바둑)이나 굽고 빠름(낚시 바늘)의 대조적 표현으로 혼란스러운 당시의 세태를 풍자적으로 그리고 있다.

⊙ 춘망(春望)

國破山河在	나라가 패망하니 산과 강만 남아 있고
城春草木深	성 안에 찾아온 봄, 풀과 나무만이 무성하구나
感時花濺淚	세상이 이러하니 꽃을 봐도 눈물 나고
恨別鳥驚心	한 많은 생이별에 새소리에도 놀라
烽火連三月	석 달을 연이어서 봉화 피어오르니
家書抵萬金	고향에서 오는 소식은 만금보다 비싸구나
白頭搔更短	흰 머리를 긁으니 또 짧아지고
渾欲不勝簪	(남은 머리를) 다 모아도 비녀를 꽂지 못하겠네

감상 오언 율시로, 지덕(至德) 2년(757) 3월 두보 나이 46세 때의 작품이다. 이 시기는 당 현종 천보 연간으로, 겉으로는 평온했으나 안으로는 위태롭던 태평성세의 마지막 국면이었다. 결국 장안은 안록산의 반군에 의해 점령당하고, 두보는 연금 상태에 처해져 심리적으로 몹시 불안정한 상태였다.

이 시(詩)는 바로 이런 상황에서 어느 날 장안 봄 풍광(風光)을 우연히 바라보다가 문득 당시의 난리를 걱정하고 떨어진 가족을 그리워하면서 지은, 즉 봄을 슬퍼하면서 지은 작품이다.

위의 넷 구는 봄 풍경을 바라보다가, 문득 난리로 인해 가족과 생이별한 사실이 생각나 상심한 마음을 묘사한 것이고, 아래의 넷 구는 가족을 그리워하는 마음을 그렸다. 백발이 되고 이마저 더욱 짧아지는 것은 바로 난리와 그리움으로 말미암은 것이다.

⊙ 귀안(歸雁)

春來萬里客	봄은 왔건만 만 리 밖의 나그네는
亂定幾年歸	난이 그치고 어느 해에 돌아가려나
腸斷江城雁	애끊는 강성의 기러기 울음소리

高高正北飛　　높이 높이 북쪽으로 날아가는구나

감상 이 시는 광덕(廣德) 2년(764) 두보가 성도(成都)에 완화초당(浣花草堂)을 세워 그곳에 기거할 때, 북녘으로 돌아가는 기러기를 보고 떠나온 북쪽의 고향 장안이 몹시도 생각나서 지은 것이다.

이 무렵의 작품으로 또 다음의 시가 있는데, 이 역시 작자의 향수(鄕愁)를 담은 것으로 천년을 두고 인구(人口)에 회자(膾炙)되는 걸작이다.

⊙ 절구(絶句)

江碧鳥逾白　　강물 파래서 새 더욱 회게 보이고,
山靑花欲然　　산은 푸르러 꽃 마치 타는 듯하다.
今春看又過　　올 봄도 보아하니 또 지나가는데,
何日是歸年　　고향으로 돌아갈 해는 언제일꼬?

삼리(三吏), 삼별(三別)

1. 삼리 : 신안리(新安吏) · 석호리(石壕吏) · 동관리(潼關吏)

2. 삼별 : 신혼별(新婚別) · 수로별(垂老別) · 무가별(無家別)

『시경(詩經)』에서 악부시(樂府詩)로 이어지는 중국문학의 현실주의 정신을 최고의 정점으로 끌어올린 두보의 현실주의 작품들, 즉 사회시(社會詩) 중의 걸작으로 평가받는다.

당(唐) 숙종(肅宗) 건원(乾元) 2년(759), 지금의 하남성(河南省)과 섬서성(陝西省)을 중심으로 하는 중원 일대는 안록산의 반군(叛軍)과 관군(官軍)의 혼전(混戰)으로 그야말로 한치 앞도 내다볼 수 없는 상황이었는데, 이 속에서 가장 피해를 보는 이는 물론 일반 백성이었다. 사람과 가재(家財)할 것 없이 모두 수탈당하는 이 때, 두보가 이런 참상을 보고 지은 시가 바로 삼리 · 삼별이다. 두보의 시를 두고 흔히 '시사(詩史 : 시론 쓴 역사)'라고도 하는데, 두보의 모든 시가 다 그렇다는 것은 아니며, 바로 이 삼리와 삼별 같은 시를 두고서 이르는 말이다. 여기서는 〈신안리(新安吏)〉와 〈신혼별(新婚別)〉을 살펴보고, 〈수로별(垂老別)〉과 〈무가별(無家別)〉은 널리 알려진 구절을 편집하여 간단히 소개하기로 한다.

⊙ 신안리(新安吏)

客行新安道 喧呼聞點兵

나그네가 신안의 길을 가다가 떠들썩하게 병졸을 점호하는 소리를 들었다

借問新安吏 縣小更無丁

신안의 관리에게 고을이 작아 장정이 더는 없냐고 물었네

府帖昨夜下 次選中男行

지난밤 관청에서 공문이 내려왔는데 다음으로 미성년자를 뽑아 보내랍니다

中男絶短小 何以守王城

저 아이들은 저리 작고 어린데 어떻게 왕성을 지켜낼 수 있을꼬

肥男有母送 瘦男獨伶俜

뚱뚱한 저 아이는 엄마가 배웅 나왔는데 여윈 저 아이는 홀로 외롭구나

白水暮東流 靑山猶哭聲

흰 강물은 저녁 무렵 동쪽을 흐르고 푸른 산에는 아직도 곡소리가 메아리친다

莫自使眼枯 收汝淚縱橫

스스로 눈물 마르게 하지 말고 이제 솟구치는 그대 눈물을 거두시오

眼枯却見骨 天地終無情

눈이 마르고 뼈가 드러나더라도 천지는 끝끝내 무정할 뿐이라오

我軍收相州 日夕望其平

아군이 상주를 수복했다길래 밤낮으로 이 난리가 평정되기를 기다렸는데

豈意賊難料 歸軍星散營

적의 세력 강하여 패전한 군사들 흩어져 돌아올 줄을 어찌 알았으랴

就糧近故壘 練卒依舊京

군량미를 따라 옛 진지 근처 옛 수도를 근거지로 병졸들을 훈련시킨다오

掘壕不到水 牧馬役亦輕

참호를 파도 물이 나올 정도로 파는 것은 아니며 말을 먹이는 일 또한 힘

들지 않다오

況乃王師順 撫養甚分明

더구나 관군은 순리를 따르는 군대, 잘 먹이고 보살펴 줄 것이 아주 분명하니

送行勿泣血 僕射如父兄

보내며 피눈물 흘리지 마시게 지휘하는 장수는 부형과 같은 분이라오

감상 제1단은 병사들을 점호하는 것을 보고 관리와 문답하고 시인이 탄식하는 내용이고, 제2단은 출정할 때의 정경을 그린 부분으로, 작자는 천지종무정(天地終無情)이라고 하면서 전쟁의 아픔을 통감하고 있다. 제3단에서는 가족들을 위로하는 내용을 그리고 있는데, 두보는 백성들의 고난에 대해 동정하면서도 또 한편으로는 백성들을 고통 속으로 내몰고 있는 관료의 신분이었기 때문에, 그들을 동정하고 함께 괴로워하면서도 독려하고 위로할 수밖에 없는 모순적 입장이었다.

⊙ 신혼별(新婚別)

兎絲附蓬麻	토사가 쑥대에 붙어사는 것은
引蔓故不長	덩굴을 끌고는 못 살기 때문이니
嫁女與征夫	출정하는 사람에게 시집가는 것은
不如棄路傍	길가에 버려지는 것만 못하네
結髮爲君妻	머리 묶고 그대의 아내가 되어
席不煖君牀	잠자리에 온기가 돌 새도 없이
暮婚晨告別	저녁에 결혼하여 새벽에 이별하니
無乃太怱忙	어찌 이리 황망할 수가 있나
君行雖不遠	그대 가는 길 비록 멀지 않지만
守邊赴河陽	변방을 지키러 하양에 가니
妾身未分明	나의 신분 아직 분명치 않은데
何以拜姑嫜	시부모껜 어떻게 절을 올리나
父母養我時	부모님 나를 기르실 적에

日夜令我藏	밤낮 집안에 고이 길렀지만
生女有所歸	딸을 낳으면 시집보내야 하는 것
鷄狗亦得將	닭과 개마저도 데리고 가네
君今往死地	그대 이제 사지로 가니
沈痛迫中腸	침통함이 창자까지 밀어 닥치네
誓欲隨君去	맹세코 그대를 따라가려고 하나
形勢反蒼黃	그러면 사정이 더 어렵게 되겠지
勿爲新婚念	신혼이란 생각은 잊어버리고
努力事戎行	군대의 일에나 힘쓰시기를
婦人在軍中	아녀자 걱정하는 마음 있으면
兵氣恐不揚	병사들의 사기 떨어질까 두렵네
自嗟貧家女	스스로 한탄하니 가난한 집의 딸이
久致羅襦裳	어렵게 비단 옷을 장만했건만
羅襦不復施	비단 저고리는 다시 입지 않고
對君洗紅粧	그대 보는 앞에서 화장을 지우네
仰視百鳥飛	고개 들어 새들이 나는 것을 보니
大小必雙翔	크나 작으나 쌍으로 나는데
人事多錯迕	사람 사는 일에는 어긋남이 많지만
與君永相望	그대와 영원히 마주 볼 수 있다면

감상 한 여인이 오늘 저녁 혼례를 올렸는데, 하룻밤을 지내고 다음날 아침 남편을 전쟁터로 떠나보내야만 하는 자신의 안타까운 처지와 심정을 토로하는 내용이다. 이 작품은 결혼을 하자마자 남편을 전선으로 떠나보내는 어린 처의 말로 서술되어 있는데, "暮婚晨告別(모혼신고별)", 즉 "저녁에 혼인하고 새벽에 이별한다"라는 구절을 통해 전쟁의 참상을 표현하고 있다.

⊙ 수로별(垂老別)

所悲骨髓乾　　　　　　　슬픔에 골수도 말라붙는 듯하구나.

積屍草木腥 流血川原丹　시체가 쌓여 초목에 비린내가 진동하고 피가
　　　　　　　　　　　　흘러 냇물이 붉게 물들었네.

감상 전쟁 중에 아들과 손자를 잃어버린 노인이 늙은 처를 두고 전쟁에 나가야 하는 참상(慘狀)을 노인의 입을 빌어 표현함으로써, 전쟁의 참혹함과 백성들의 슬픔을 나타내고 있다.

⊙ 무가별(無家別)

內顧無所携 近行止一身

집안에 거느린 식솔이라고는 없으니 가까이 간대도 이 한 몸뿐이요

永痛長病母 人生無家別

오래 앓다 돌아가신 우리 모친 이 인생 집도 없이 이별하니

감상 한 청년이 전쟁에 나가 패하고 혼자 고향에 돌아왔는데, 고향은 황폐해져 있고 고을 사람들은 뿔뿔이 흩어졌다. 그래도 자신의 고향인지라 다시 팔을 걷어붙이고 논밭을 가꾸다가 결국 고을의 관리에 의해 다시 전쟁터로 끌려간다는 참상을 그린 작품이다.

삼리·삼별의 공통점

1. 생생한 현실묘사로 객관적 사실감 전달.
2. 안사의 난으로 혼란스러운 상황 묘사.
3. 안사의 난에 고통을 받았던 백성들을 대변(代辯)하기 위해, 다양한 인물형(어린 병졸, 늙은 할머니, 신부 등)을 등장시킴.

4. 직접 겪고 체험한 사건을 바탕으로, 백성들에게 연민을 갖고 작품을 형상화(形象化)함.

이백과 두보 시풍 비교

	이백	두보
	詩仙(시선)	詩史(시사)
1. 사상 (思想)	도가적(道家的), 탈속적(脫俗的), 귀족적(貴族的)	유가적(儒家的), 평민적(平民的), 애국적(愛國的)
2. 시풍 (詩風)	1. 낭만적 성향 : 호방(豪放)하고도 풍부한 상상력. 명쾌(明快)한 언어 사용. 2. 형식을 벗어난 일필휘지(一筆揮之)의 시풍. 천재성	1. 사실적 성향 : 부패한 사회와 비참한 현실, 반윤리(反倫理) 등을 날카롭게 지적. 민중의 고통을 대변(代辯)하는 등 사회성 부각. 2. 형식적인 틀을 중시하여, 부단(不斷)한 퇴고(推敲). 성실성
3. 특징	세속(世俗) 초월	현실사회 반영(反映)

후대에 미친 영향

1. 풍부한 문장력과 사실적으로 현실을 반영함으로써, 시사(詩史)라고 불림.

2. 당시(當時) 유행하던 모든 한시(漢詩) 형식을 활용하고, 새로운 형식을 다양하게 시험.

3. 중국 현실주의 시가(詩歌) 집대성(集大成).

→ 두보는 내용면으로는 『시경(詩經)』과 한대(漢代) 악부(樂府)의 현실주의 전통을 계승하는 동시에, 육조(六朝) 이래 음률(音律), 격률(格律) 및 조구(造句) 등의 형식적 예술기교 역시 비판적으로 흡수하였다. 특히 그의 대상(對象)을

사실적으로 묘사하는 신악부시(新樂府詩)는 중당(中唐)시기 신악부 운동에 직접적인 영향을 미친다.

4. 송대(宋代) 육유(陸游)의 애국주의 작품에 깊은 영향을 미침.

14장

백거이
(白居易)

백거이(白居易)

1. 백거이(772~846). 자(字)는 낙천(樂天), 호(號)는 향산거사(香山居士) 또는 취음선생(醉吟先生)으로, 하남성(河南省) 신정현(新鄭縣) 출생. 이백(李白), 두보(杜甫), 한유(韓愈)와 함께 '이두한백(李杜韓白)'이라 불림.

2. 29세에 진사(進士)에 급제, 44세에 강주사마(江州司馬)로 좌천(左遷). 후에 장안(長安)으로 돌아와 중서사인(中書舍人)직을 맡음. 이후 항주자사(杭州刺使) 등 벼슬로 약 10년간 지방 생활. 58세에 태자빈객(太子賓客)이 되고서부터 71세에 형부상서(刑部尙書)에서 물러나 죽을 때까지 낙양(洛陽) 생활.

→ 당시의 시인(詩人)으로서는 드물게 비교적 무난(無難)하고도 안락(安樂)한 생애를 보냈다.

3. 주요 작품으로는 〈장한가(長恨歌)〉, 〈비파행(琵琶行)〉, 〈신악부(新樂府)〉 50수(首) 등이 있음.

시기에 따른 작품경향 변화

1. 청년기(靑年期) : 유가적(儒家的) 이상사회사상(理想社會思想)에 입각, 사회 병폐를 예리하게 파헤친 사회 고발시(告發詩) 다수(多數) 창작.

→ 일반적으로, 백거이 작품의 우수성은 바로 이러한 '구세제민(救世濟民)'의 경향을 지닌 작품들 위주로 드러난다.

2. 중년기(中年期) : 무위자연(無爲自然)의 도가사상(道家思想)에 심취, 전원시(田園詩) 다수 창작.

3. 말년기(末年期) : 불가(佛家)에 귀의(歸依)하여 향산거사라고 불렸는

데, 당시 불교탄압정책(佛敎彈壓政策)을 풍자(諷刺)하는 작품 다수 창작.

가치관 및 철학사상

1. 유가적(儒家的) 이상주의(理想主義) 입장

이는 주로 현실적인 문제와 연관된 것으로, 정치 부패(腐敗), 사회 병폐(病弊)에 대한 비판(批判)으로 이어졌다. 백거이는 문학이란 것이 인간을 대상(對象)으로 하기 때문에, 생활의식이나 생활감정이 뒷받침되어야 한다고 주장하였는데, 바로 이러한 문학관(文學觀)은 그의 유가적 이상주의와 무관하지 않다.

2. 불교에 대한 관심

811년 40세 때 어머니를 여의고 그 이듬해에 어린 딸마저 잃자, 죽음의 문제에 대해 깊이 사색(思索)하며 불교에 대한 관심이 커졌다. 또한 831년 원진(元稹) 등 지인(知人)들의 죽음은 백거이가 인생의 황혼을 의식하여 불교로 완전히 마음을 기울이는 계기가 되었다.

백거이의 시풍(詩風)

1. 풍유시(諷喩詩) : 현실정치와 민생고락(民生苦樂)을 노래.
→ 풍자시(諷刺詩)라고도 하는데, 대표작으로는 〈매탄옹(賣炭翁)〉 등이 있다.

2. 감상시(感傷詩) : 인생의 허무(虛無)나 애상(哀傷), 인정(人情) 등에
관한 감회(感懷)와 감정을 노래.
→ 대표작으로, 〈장한가(長恨歌)〉와 〈비파행(琵琶行)〉 등이 있다.

3. 한적시(閑適詩) : 자연의 경치를 벗 삼아, 마음이 끌리는 대로 읊음.

→ 이러한 한적시는 감상시와 어떤 면에서는 유사(類似)하다고 볼 수 있다. 하지만 감상시가 인생에서 얻는 복잡다단(複雜多端)한 감정을 술회(述懷)하는 것과 달리, 한적시는 허심탄회(虛心坦懷)하게 자연의 풍광(風光)을 읊은 점에서 차이가 있다고 할 수 있다. 대표작으로는 〈한거(閑居)〉, 〈식후(食後)〉 등이 있다.

4. 잡률시(雜律詩) : 형식과 격률(格律)을 강조한 체제(體制).

작품 특징

1. 평이성(平易性) : 백성들이 이해하기 쉽도록 대중적(大衆的) 언어에 접근.

→ 백거이는 화려한 형식적 기교나 벽자(僻字)를 사용하기보다는 대중성(大衆性)을 염두에 두고 창작활동을 하였는데, 이는 문학이라는 것이 경험적이고도 일상적(日常的)이며 또한 보편적이어야 한다는 그의 문학관에 따른 실천이었다.

2. 풍자성(諷刺性) : 서민(庶民)의 입장을 대변(代辯)하여 그들의 고통을 노래.

→ 백거이는 종종 작품들을 통해서 자신이 친(親)히 목도(目睹)한 사건들을 묘사하였는데, 이를 통해서 당시 제도(制度)의 폐해(弊害)나 지배계층의 탐욕스럽고도 황음무치(荒淫無恥)한 행위 등을 풍자함으로써 신랄하게 비판하고, 또한 서민들이 받는 억압이나 고통 등의 감정을 진솔하게 묘사함으로써 그들을 동정하였다.

3. 사실성(寫實性) : 3,800여 수(首)의 작품들은 모두 백거이의 생활 기록으로, 당대(唐代)의 사회상과 생활상 반영.

→ 백거이 작품들의 제재(題材)는 우화(寓話)형식처럼 허구적으로 그려낸 것이 아니라, 자신이 직접 목도한 사건들을 통해 시사를 풍자(時事諷刺)한 것이다.

작품 감상

⊙ 장한가(長恨歌)

(생략)

攬衣推枕起徘徊	옷을 들고 베게 밀고 일어나 서성이더니
珠箔銀屛迤邐開	구슬발과 은 병풍 열리며 모습을 나타내었네
雲鬢半偏新睡覺	구름머리 반 드리우고 방금 잠에 깬 듯
花冠不整下堂來	머리장식 안 고친 채 방에서 내려왔네

(생략)

在天願作比翼鳥	하늘에 나면 비익조가 되고
在地願爲連理枝	땅에서는 연리지가 되리라
天長地久有時盡	하늘과 땅도 그 끝이 있고 시간 다함이 있으나
此恨綿綿無絶期	이 한만은 영원히 이어져 끝이 없으리

감상 이 작품은 당(唐)나라 현종(玄宗)과 양귀비(楊貴妃)의 애정고사(愛情故事)를 제재(題材)로 한 것으로, 백거이가 806년에 친구들과 마외파(馬嵬坡 : 양귀비가 죽은 곳)의 선유사(仙游寺)에 놀러갔다가 두 사람의 세기적(世紀的) 애정고사에 느낀 바가 있어 이 작품을 지었다고 한다.

작품의 주제는 관점에 따라서 현종이 황음(荒淫)으로 나라를 그르친 것을 풍자한 것으로 볼 수도 있고, 두 사람의 애정행각에 초점을 맞춘 것으로도 볼 수 있는데, 사실은 이 두 가지를 아우르고 있다고 봐야 할 것이다.

표현방식은 애정고사의 서사(敍事)를 위주로 하고 있지만, 서정(抒情)과 사경(寫景 : 풍경 묘사)을 적절히 아울러서 예술적 성취도를 높이고 있다.

〈장한가〉는 세상에 나온 뒤로 어린아이들도 노래할 정도로 대중적으로도 유행하였다고 전하는데, 훗날의 문학 작품에도 많은 영향을 끼쳤다. 중국의 대표적 고전극(古典劇)의 하나인 원(元)나라 백박(白朴)의 〈오동우(梧桐雨)〉와 청(淸)나라 홍승(洪昇)의 〈장생전(長生殿)〉 등은 모두 이 〈장한가〉에서 제재를 취한 것이다.

⊙ 비파행(琵琶行)

(생략)

| 忽聞水上琵琶聲 | 그때 물위로 비파소리 들려오니 |
| 主人忘歸客不發 | 주인도 손님도 자리를 뜨지 못하네 |

(생략)

嘈嘈切切錯雜彈	소란함과 가냘픔 섞어서 타니
大珠小珠落玉盤	큰 구슬 작은 구슬 옥쟁반에 떨어지듯
間關鶯語花底滑	때로는 꾀꼬리 소리 꽃가지 사이 흐르듯
幽咽流泉氷下灘	샘물이 얼음 밑을 흐느끼며 흐르듯

(생략)

凄凄不是向前聲	슬프기 그지없어 앞의 곡과 다르니
滿座重聞皆掩泣	듣는 모든 사람 소리죽여 흐느끼네
座中泣下誰最多	그중 누가 눈물을 가장 많이 흘렸는가
江州司馬靑衫濕	강주사마의 푸른 적삼 흠뻑 젖었구나

감상 〈비파행〉은 한 가기(歌妓 : 노래와 춤을 업으로 삼던 여자)의 몰락한 신세에 대한 생동적인 묘사를 통해서 작자 자신의 폄적(貶謫 : 귀양살이)으로 인한 비애(悲哀)를 토로(吐露)한 것으로, 작자는 이 작품의 머리말

에서 다음과 같이 말하고 있다.

"원화(元和) 10년(815), 나는 구강군(九江郡)의 사마(司馬)로 좌천되었다. 이듬해 가을에 분수(湓水)의 한 포구에서 나그네를 전송하다가 밤중에 배 안에서 비파 소리를 들었다. 그 소리 높고도 맑아, 장안(長安)에서나 들을 수 있는 가락이었다.

그를 찾아가서 물었더니, 본디는 장안의 기녀로, 음악의 명인들에게서 비파를 배웠었는데, 나이 먹고 미모마저 시들어 장사꾼에게 몸을 맡기고 있는 처지라 하였다. 술자리를 다시 준비시키고 몇 곡 더 타게 하였다. 곡이 끝나자 그녀는 한동안 말없이 있더니, 이윽고 젊었을 적의 즐겁던 일, 그리고 영락(零落)하여 유랑하는 신세가 되어 몸과 마음이 지칠 대로 지친 채 물결 따라 강호를 떠돌아다니게 된 일 등을 이야기했다.

조정(朝廷)에서 물러나 지방관으로 생활하기 2년, 나는 생활이 늘 평온하여 스스로 만족하고 있었다. 그녀의 말에, 그 날 밤에야 나는 비로소 내가 폄적(貶謫)된 슬픈 신세라는 것을 깨닫게 되었다. 그래서 칠언(七言)의 이 장시(長詩)를 지어서 그녀에게 주었다. 모두 616자, 이름하여 비파행이다."

이 작품은 천변만변(千變萬變)의 비파소리를 시각적 형상과 청각적 감수(感受)를 통해서 생동적으로 표현해내고 있는데, 이 〈비파행〉이 불후할 수밖에 없는 것은 바로 이런 생동감에다 한 글자 한 글자가 모두 작자 자신의 폐부(肺腑)로부터 흘러나오고 있기 때문이다.

이 작품 역시 〈장한가〉와 마찬가지로 오랑캐 아이도 부를 수 있을 정도로 이미 대중적으로도 널리 유행하였다고 한다.

⊙ 매탄옹(賣炭翁)

賣炭翁	숯을 파는 노인이 있어
伐薪燒炭南山中	장작을 베어 숯을 굽는 남산에서
滿面塵灰烟火色	얼굴 가득 먼지와 재, 그을린 빛
兩鬢蒼蒼十指黑	양쪽 구렛나루는 허옇고, 열손가락은 시꺼멓다
賣炭得錢何所營	숯을 팔아 돈을 얻으면 어디에 쓰고자 하나
(생략)	
黃衣使者白衫兒	황색옷의 사자와 흰 삼베옷의 어린이
手把文書口稱勅	문서를 손에 들고 조서라고 칭하며
廻車叱牛牽向北	수레를 돌려 소를 몰아 북쪽을 향해 끌고 간다
(생략)	

감상 〈매탄옹(賣炭翁)〉은 숯 파는 노인이란 의미다. 이 작품은 백거이 풍유시의 대표작으로, 신악부(新樂府) 50수(首)중 32번째 작품이다. 숯 파는 노인이 궁사(宮使 : 궁궐의 환관)에게 자기 숯을 약탈당하는 것을 통해 당시 궁시제도(宮市制度 : 중당 이후 궁중에서 필요로 하는 물품을 시중에서 구매토록 하는 제도. 뒤에는 백성들을 착취하는 수단으로 악용됨)의 폐해를 비판하고 있다.

⊙ 한거(閑居)

深閉竹間扉	대나무 사이 사립문 굳게 닫아걸고
靜掃松下地	소나무 아래 뜰 마당 깨끗이 쓸어낸다
獨嘯晚風前	저녁 바람 앞에서 홀로 읊조리니
何人知此意	나의 이 기분 누가 알리오
看山盡日座	산을 바라보며 하루 종일 앉아 있고
枕帙移時睡	책을 베개 삼아 잠시 누워 잠잔다.
誰能從我遊	그 누가 나와 함께 노닐면서
使君心無事	한가로운 정취를 느껴 볼까나

⊙ 식후(食後)

食罷一覺睡	식사 후에 낮잠 한숨 자고
起來兩甌茶	일어나 두 사발의 차를 마시네
擧頭看日影	머리 들어 해 그림자를 보니
已復西南斜	벌써 서산으로 기울었네
樂人惜日促	즐거운 사람은 해 짧음을 애석해 하나
憂人厭年賒	근심 있는 사람은 해가 길어 지루하네
無憂無樂者	걱정도 즐거움도 없는 이는
長短任生涯	길거나 짧거나 한평생을 맡기네

감상 이 작품은 백거이가 강주사마로 있을 때의 그의 노년기 생활상의 한 단면을 보여주는 한적한 생활의 시로, 걱정도 즐거움도 없는 이름 그대로 낙천가(樂天家)의 태도를 보여주고 있다.

백거이의 신악부(新樂府) 운동

1. 내용뿐 아니라 시어(詩語) 사용에 있어서도 민중 용어에 가까운 평이(平易)한 표현 활용.

→ 신악부 운동이란, 중당(中唐)시기 옛 악부시(樂府詩)의 정신을 계승하여 사회 모순을 고발하자는 시(詩) 창작(創作)운동으로, 당시의 실정(實情)을 날카롭게 풍자하고 특히 민중의 입장에 서서 고뇌와 분노를 표현하였다. 따라서 이는 사회비판 문학으로도 볼 수 있다.

2. 원진(元稹), 장적(張籍), 왕건(王建) 등 참여.

악부와 신악부 비교

악부(樂府)	신악부(新樂府)
악곡(樂曲) 위주로, 가사를 부를 수 있음.	내용(內容) 위주로, 반주(伴奏) 불가(不可).
대부분이 민가(民歌)	문인(文人) 작품
뒤에 ~행(行), ~인(引), ~곡(曲), ~음(吟) 등을 붙임.	새로운 제목을 붙일 수 있음.

후대에 미친 영향

1. 사회 현실 묘사

백거이의 풍자시는 중국 사실(寫實)주의 시가발전 촉진에 영향을 주게 되는데, 특히 인간의 본성에 호소하는 담담한 술회와 평이하고도 통속적인 문자사용으로 중국시사(詩史)에 있어 이후 새로운 지평(地平)을 개척하게 된다.

2. 평이한 시어 사용

이러한 특징은 송대(宋代) 이후 문학에 참여하는 계층을 특정 지배계층에서 서민층으로까지 확대시키는데 지대한 영향을 미치게 된다.

3. 서사시(敍事詩)로의 발전

백거이의 이러한 장편시(長篇詩)는 기존의 압축(壓縮) 위주의 단시(短詩)가 아닌, 구체적으로 서술하는 장시(長詩) 창작에 밑거름을 제공하게 된다.

4. 산문화(散文化)로의 전환점

위에서 언급한 서사시의 창작은 문학이 시(詩)에 국한되지 않고 향후 소설(小說)로 옮겨가는 데 있어 그 시발점(始發點)을 마련해주었다.

15장

소식
(蘇軾)

소식(蘇軾)

1. 소식(1037~1101). 자(字)는 자첨(子瞻), 호(號)는 동파거사(東坡居士)로, 사천성(四川省) 미산현(眉山縣) 출생. 문학적 분위기가 농후한 지식계층의 가정 출신. 당송팔대가(唐宋八大家) 중의 한 명.

→ 당송팔대가는 당(唐)의 한유(韓愈)와 유종원(柳宗元), 송(宋)의 구양수(歐陽修), 소순(蘇洵), 소식(蘇軾), 소철(蘇轍), 증공(曾鞏), 왕안석(王安石) 등 8명의 산문(散文) 작가에 대한 총칭이다. 육조(六朝) 이후의 산문은 화려한 형식만을 추구하였는데, 한유와 유종원은 진한(秦漢) 이전의 고문으로 돌아가 간결하고도 내용을 중시하는 새로운 산문운동을 전개하였으니, 이것이 고문운동(古文運動)이다. 송대에 들어 구양수가 이들의 혁신운동을 계승하게 되고, 이러한 분위기를 통해서 소순, 소식, 소철 등 우수한 문학자가 배출되었다. 당송팔대가라는 명칭(名稱)은 송나라의 진서산(眞西山)이 처음으로 언급하였다.

2. 1056년 개봉부시(開封俯試) 급제.

3. 1071년 3차례에 걸친 상소문(上疏文)을 통해 과거제도 변혁 및 신법(新法)의 문제점을 비판, 왕안석(王安石)과 정면으로 대치(對峙).

4. 1079년 황제(皇帝)에 대한 불경죄(不敬罪)라는 누명(陋名)으로 사형선고. 아우 소철(蘇轍)의 대속(代贖 : 대신하여 속죄함)으로 유배(流配)생활.

5. 1082년 7월 적벽(赤壁) 아래에서 뱃놀이를 하며 그의 대표작 〈적벽부(赤壁賦)〉 저작.

→ 〈적벽부(赤壁賦)〉에는 〈전적벽부(前赤壁賦)〉와 〈후적벽부(後赤壁賦)〉가 있으나, 일반적으로 〈적벽부(赤壁賦)〉라 함은 바로 〈전적벽부(前赤壁賦)〉를 지칭하는 것이다.

6. 1085년 복직(復職)하나, 1094년 장돈(章惇)의 재상 등극 후 반대파(反對派) 숙청(肅淸)으로 다시 유배생활. 이후 사면령(赦免令)을 받지만,

돌아오던 도중 강소성(江蘇省) 상주(常州)에서 병사(病死).

7. 운하(運河)와 병원 및 저수지 설계, 빈민 구제제도 개혁, 백성들의 가혹한 빚 탕감(蕩減) 등 서민(庶民)들을 위한 정책 실시.

가치관 및 철학사상

1. 유가사상(儒家思想)

소식은 적극적으로 세상을 구제하는 것이 지식인의 올바른 태도라는 유가적 출사관(出仕觀)에서 출발하여 우국애민(憂國愛民)의 자세를 견지함으로써, 평생의 관직생활을 통해 민고(民苦)를 해결하려고 노력하였다. 이러한 가치관은 또한 종종 그의 작품들에 소재(素材)를 제공하기도 하였다.

2. 도가적 은일사상(道家的 隱逸思想)

8세 때 향교(鄕校)에 입학, 도사(道士) 장이간(張易簡)의 사사(師事)를 받은 것이 영향을 끼친 것으로 보인다.

3. 불가사상(佛家思想)

이러한 경향은 승려(僧侶), 도사(道士) 등 당시 이름난 시승(詩僧)들과의 교우(交友) 관계에서 영향을 받았다고 볼 수 있다. 하지만 소식은 궁극적으로는 포용, 합리적 사고방식을 지님으로써, 유불도(儒佛道)를 일원(一元)적인 것으로 파악하였다.

문학관

1. 작품의 내용(內容) 중시

소식은 작품 창작에 있어, 공허(空虛)한 내용보다는 실생활에 도움이 되는 실용(實用)적인 내용을 중시하였다.

또한 예술적 형식을 최소한으로 운용해야 한다고 주장함으로써 문학의 효율적 전달을 강조하였는데, 이는 문학 형식보다는 내용을 더 중시한 것으로 풀이할 수 있다. 특히 내용 전개(展開)에 있어서, 억지가 아닌 자연스러운 전개를 강조하였다.

2. 서정적(抒情的) 기능 중시

서정적 기능을 가장 충실히 수행할 수 있는 문학형식은 바로 시(詩)라고 할 수 있다. 하지만 시(詩)는 실용적인 내용을 자연스럽게 담아내기에는 한계점이 있을 수밖에 없었다. 따라서 소식은 시(詩)에서는 표현하기 곤란한 미적 의식(美的 意識)이나 감정들을 독백(獨白) 형식으로 진술하는 사(詞) 창작을 더 선호하였다.

사(詞)

1. 당말(唐末) 오대(五代)시기 민간에서 유행하던 노래가사(歌詞)로, 송대(宋代)에 성행.

2. 형식은 시(詩)와 유사한 운문(韻文)으로, 민간 가요 중 가사(歌辭)만 남은 것을 지칭.

3. 음율(音律)에 맞춰 가사를 넣는다 하여, 작사(作詞)를 '전사(塡詞)'라고도 함.

사(詞)가 송대(宋代)에 전성기(全盛期)를 맞이한 요인

당말(唐末), 근체시(近體詩)가 엄격한 율격(律格)과 체제(體制)로 제한됨에 따라 저항감 형성. 이와 더불어 민간노래가사의 자유로운 형식에 관심 고조(高調).

시가(詩歌)는 원래 노래로 불리던 것이었다. 『시경(詩經)』의 300여 편이 그랬고, 한대(漢代)로 내려와서는 악부시(樂府詩)가 그랬으며, 당대(唐代)에는 율시(律詩)와 절구(絶句)의 근체시(近體詩)가 그랬다. 그러나 시간이 흐르면서 시 삼백여 편, 즉 『시경』은 한대로 내려와서 노래로 불리지 않고 대신에 악부시가 그 자리를 차지하며, 당대에 와서는 악부시가 노래로 불리지 않고 근체시가 그 자리를 대신한다. 당말(唐末)에 이르러서는 근체시도 노래와는 멀어지게 되었는데, 이는 바로 다른 장르 운문(韻文)의 출현을 예고하는 것이었다. 그러나 이러한 변천(變遷)은 시가(詩歌) 발전에 있어서의 자연스런 현상이기도 하다. 노래가 생겨나서 유행하다가 어느 정도의 시간이 흐르면 시들해지고 다른 노래가 이를 대체하는 것은 지금도 그렇지 않은가.

당대(唐代)의 근체시는 원래 시의 격률(格律 : 율격, 격식, 규격)을 중시하였지만, 시간이 흐르면서 더욱 더 평측(平仄)과 운각(韻脚 : 글귀의 맨 마지막 부분에 다는 韻字), 조구(造句) 방면의 격식을 엄격히 따짐으로써 창작에 많은 제한이 가해졌고, 이에 따라 근체시는 자연스럽게 생동감이 결여되고 노래와도 멀어지게 되었으니, 그야말로 시의 일부분에 불과한 격률만 추구하는 격률시가 되어버리고 말았다. 이에 많은 문인들이 다시 새롭고도 자유로우며 활기찬 형식을 찾게 되었는데, 사(詞)가 바로 그 대안(代案)이었다. 사는 일명 곡자사(曲子詞)로도 불리는데 바로 악곡의 가사라는 의미다. 당말에 정착되어 송대로 와서 꽃을 활짝 피우므로, 문학사(文學史)에서는 송사(宋詞)라고 일컫게 되었다.

사는 초기에는 주로 민간(民間)에서 형성되었으나, 만당(晚唐)과 오대(五代) 시기에 이르러서는 주로 문인(文人)들에 의해 창작되게 되는데, 소식은 기존의 여성적(女性的)이고 감상적(感傷的)이던 사의 한계를 극복하고, 웅장(雄壯)하고도 풍부한 내용의 작품들을 발표하게 된다. 이러한 사는 사풍(詞風)에 따라 크게 완약파(婉約派)와 호방파(豪放派)로 나눌 수 있는데, 만당(晚唐)과 오대(五代)에는 주로 여린 감정을 노래하였기 때문에 완약파로 간주되고, 소식의 작품들은 호탕하고도 사실적으로 노래하였기 때문에 호방파로 분류된다.

작품 감상

⊙ **염노교 · 적벽회고(念奴嬌 · 赤壁懷古)**

大江東去	장강(長江)은 동으로 흘러,
浪淘盡	물결 따라 사라져갔네,
千古風流人物	아득한 옛날의 영웅호걸들이여
故壘西邊	옛 성의 서편
人道是	사람들은 이곳을 말한다
三國周郎赤壁	삼국시대 주유(周瑜)의 적벽대전(赤壁大戰) 터라고
亂石穿空	요란스러운 돌 바위는 하늘을 뚫고
驚濤拍岸	성난 파도는 기슭을 후려치니
卷起千堆雪	천 겹의 눈(물보라)을 휘감아 올리네
江山如畫	강산은 그림 같은데
一時多少豪傑	한때 얼마나 많은 호걸들이 있었던가

遙想公謹當年	아득히 당시의 주유(周瑜)를 떠올리니
小喬初嫁了	소교가 처음 시집왔을 때
雄姿英發	영웅의 풍채가 당당했네
羽扇綸巾	백우선(白羽扇)에 비단 두건
談笑間	담소하는 사이
强虜灰飛煙滅	강력한 조조(曹操)의 군대(軍隊) 연기처럼 사라졌네
故國神游	마음은 옛 고향으로 향하니
多情應笑我	다정한 이는 나를 비웃으리라
早生華發	일찍 흰머리 난 것에
人間如夢	인생은 꿈이거늘
一樽還酹江月	한 잔의 술, 강 위의 달에게 부어 바치네

감상 이 작품에서는 소식의 호방(豪放)하고도 거시적(巨視的)인 인생관을 확인할 수 있다. 적벽대전에서 활약했던 영웅호걸일지라도 장엄하고 영원한 자연에 비하면 한낱 보잘것없는 존재로 여기고, 또한 강에 비친 달 위에 한 잔 술을 부음으로써 영원히 자연에 귀의하려는 자신의 열망을 표현하였다.

⊙ 여지탄(荔枝嘆)

十里一置飛塵灰 五里一堠兵火催

십리마다 역참 두어 먼지 날리며 말 달리고, 오리마다 이정표 세우니 위급한 전쟁인 듯

顚阬仆谷相枕藉 知是荔枝龍眼來

엎어지고 파묻히고 골짜기에 시체더미 쌓이는데, 이는 여지를 궁중에 진상하기 위함이네

飛車跨山鶻橫海 風枝露葉如新採

수레 몰아 산 넘고 배 띄워 바다 건너, 나부끼는 가지와 이슬 맺힌 잎은 방금 딴 듯하네

宮中美人一破顔 驚塵濺血流千載

궁중 미인(양귀비) 한 번 웃기려고, 먼지 속 흩뿌린 피는 천년을 두고 흐르네

永元**荔**枝來交州 天寶歲貢取之涪

영원연간에는 교주에서 여지가 왔고, 천보연간에는 부주에서 공물로 진상케 하니

至今欲食林甫肉 無人擧觴酹伯游

지금에 와서 이임보(李林甫)를 씹어 먹고파도, 당백유(唐伯游) 위해 술잔 권하는 이 없네

我願天公憐赤子 莫生尤物爲瘡痏

바라노니 하늘이여 어린백성들을 가엾이 여겨 특산물 만들어 고통받게 하지 말고

雨順風調百穀登 民不飢寒爲上瑞

비바람 순조로워 백곡이 풍요롭게 하여 백성들이 굶주리고 헐벗지 않는 것이 최고라오

君不見

그대는 보지 못했는가

武夷溪邊粟粒芽 前丁後蔡相籠加

무이산 계곡의 용봉차(龍鳳茶)를 정위(丁謂)와 채양(蔡襄)이 앞 다투어 서로 수탈함을

爭新買寵各出意 今年鬪品充官茶

새로이 총애를 얻으려 각자 꾀를 내어 다투니, 금년엔 차 품평에서 최상품을 바치려 하네

吾君所乏豈此物 致養口體何陋耶

군왕이 어찌 이런 물건이 부족한가, 육신이나 돌봄은 얼마나 비루한 짓인가

洛陽相君忠孝家 可憐亦進姚黃花

낙양태수는 충효의 집안이나, 가련하게 그 역시 황모란을 바치네

감상 당대(唐代) 양귀비(楊貴妃)에게 여지(荔枝)를 헌상한 역사적 사실에 기대어, 당시 유행하였던 차(茶) 공물과 꽃(花) 공물을 비판한 작품. 소식

은 젊었을 때부터 사회문제에 관심을 기울여 다수의 풍자시(諷刺詩)를 창작하였는데, 이러한 정치시를 통해 사회의 모순과 정치의 폐단을 과감히 폭로함으로써 하층 백성의 고통스런 생활을 반영하고자 하였다.

◉ 적벽부(赤壁賦)

壬戌之秋七月旣望 蘇子與客泛舟遊於赤壁之下

임술년 가을 칠월 열엿새 나 소식은 객(客)과 더불어 배를 띄우고 적벽 아래에서 노니는데

淸風徐來 水波不興

맑은 바람이 서서히 불어오니 물결이 일지 않았다

擧酒屬客 誦明月之詩 歌窈窕之章

술을 들어 객에게 권하고, 밝은 달을 시로 읊조리며 요조장을 노래하는데,

少焉 月出於東山之上 徘徊於斗牛之間

곧 달이 동산 위에서 오르더니 북두성과 견우성 사이를 배회하니

白露橫江 水光接天

흰 이슬이 강물 위로 비껴 내리고 물빛은 하늘에 닿아 있더라

縱一葦之所如 凌萬頃之茫然

한 조각 작은 배가는 대로 내어 맡겨 망망한 만경창파를 건너가니

浩浩乎如憑虛御風 而不知其所止 飄飄乎如遺世獨立 羽化而登仙

넓고도 넓은 것이 허공을 타고 바람을 모는 듯 그 머무는 곳을 모르겠고, 가벼이 떠올라 속세를 버리고 홀로 솟은 듯 날개 돋아 신선이 되어 하늘을 오르는 듯했다

於是飮酒樂甚 扣舷而歌之

이에 술을 마시고 매우 즐거워서 뱃전을 두드리며 노래를 부르니

歌曰

노래에 이르기를

桂棹兮蘭槳

계수나무 노와 목란 상앗대로

擊空明兮泝流光

물에 비친 달그림자를 치며 물결에 비친 달빛을 거슬러 올라간다.

渺渺兮予懷

넓고도 아득하구나 나의 마음이여

望美人兮天一方

하늘 저 끝에 있는 내 임을 그리도다.

客有吹洞簫者 倚歌而和之

객(客) 중에 퉁소 부는 사람이 있어 노래에 맞춰 반주하니

其聲嗚嗚然 如怨如慕 如泣如訴

그 소리 구슬퍼서 원망하는 듯 사모하는 듯 흐느끼는 듯 하소연하는 듯

餘音嫋嫋 不絶如縷

여운이 가늘고 길게 이어져 실 가닥처럼 끊어지지 않으니

舞幽壑之潛蛟 泣孤舟之嫠婦

그윽한 골짜기에 잠겨 있는 교룡을 춤추게 하고 외로운 배의 과부를 울리네

蘇子愀然 正襟危坐 而問客曰 何爲其然也

나는 초연히 옷깃을 여미고는 바로 앉아 객에게 물어 가로되, 어찌 그러하오?

客曰 月明星稀 烏鵲南飛

객이 말하기를, 달 밝으니 별은 드물게 보이고 까막까치 남으로 날아가네

此非曹孟德之詩乎

이는 조조가 읊은 시가 아니오.

西望夏口 東望武昌 山川相繆 鬱乎蒼蒼

서쪽으로 하구를 바라보고 동쪽으로 무창을 바라보니 산천은 서로 얽혀 울창하네

此非孟德之困於周郞者乎

이는 조조가 주유에게 곤욕을 치렀던 곳이 아니오.

方其破荊州下江陵 順流而東也

조조가 막 형주를 점령하고 강릉으로 내려와 물결 따라 동쪽으로 갈 때

舳艫千里 旌旗蔽空

배는 꼬리에 꼬리를 물고 천리에 이어졌고 깃발들은 하늘을 뒤덮었네

釃酒臨江 橫槊賦詩

술을 마시며 강물을 내려다보고 긴 창 비껴들고 시를 지었으니

固一世之雄也 而今安在哉

진실로 일세의 영웅이었지만, 지금은 어디에 있는가

況吾與子漁樵於江渚之上

하물며 나와 그대는 강가에서 고기나 잡고 나무하며

侶魚蝦而友麋鹿

물고기 새우들과 짝하고 고라니 사슴들과 벗하며

駕一葉之扁舟 擧匏樽以相屬

일엽편주 타고 바가지로 만든 술잔을 서로 권하며

寄蜉蝣於天地 渺滄海之一栗

하루살이 같은 목숨을 천지에 의탁하니, 망망한 바다 속의 한 알의 좁쌀처럼 보잘 것 없네.

哀吾生之須臾 羨長江之無窮

나의 삶이 잠시뿐인 것이 애처롭고 장강의 끝없음을 부러워하네

挾飛仙以遨遊 抱明月而長終

하늘을 나는 신선과 어울려 즐거이 놀고 밝은 달을 안고 오래오래 살려고 하나

知不可乎驟得 託遺響於悲風

그것이 갑자기 될 수 있는 일이 아님을 깨닫고 여음을 슬픈 가을바람에 실어 보내오.

蘇子曰 客亦知夫水與月乎

내가 말하기를 그대 또한 저 물과 달을 알고 있소

逝者如斯 而未嘗往也

강물이 가는 것은 이와 같으나 일찍이 다하는 것이 아니요

盈虛者如彼 而卒莫消長也

달이 찼다 기울었다 하는 것은 그와 같으나 끝내 사라지거나 커지지 않지요

蓋將自其變者而觀之 則天地曾不能以一瞬

무릇 변한다는 관점에서 보면 곧 천지는 한 순간이라도 변하지 않을 수 없고

自其不變者而觀之 則物與我皆無盡也

변하지 않는다는 관점에서 보면 곧 만물과 나는 모두 무궁한 것이니

而又何羨乎

또 무엇을 부러워하겠소

且夫天地之間 物各有主

또한 천지간의 만물은 각자 주인이 있어

苟非吾之所有 雖一毫而莫取

진실로 나의 소유가 아니면 털끝 하나라도 취할 수 없지만

惟江上之淸風 與山間之明月

오직 강 위에 부는 맑은 바람과 산 사이의 밝은 달은

耳得之而爲聲 目遇之而成色

귀로 들으면 소리가 되고 눈에 들어오면 색을 이루는데

取之無禁 用之不竭

그것을 취해도 막는 사람이 없고 그것을 사용해도 다함이 없으니

是造物者之無盡藏也 而吾與子之所共樂

이는 조물주의 다함이 없는 보배이니 나와 그대가 함께 즐기는 바이요

客喜而笑 洗盞更酌 肴核旣盡 盃盤狼藉

객이 기뻐 웃으며 잔 씻어 다시 따르는데 안주가 이미 다하고 술잔과 쟁반이 어지럽더라

相與枕藉乎舟中 不知東方之旣白

서로를 베개 삼아 배 안에 누우니 동녘이 이미 밝아오는 것도 몰랐네

감상 소식이 두 차례에 걸쳐 적벽(赤壁) 아래의 장강(長江)에서 뱃놀이를 하다 지은 작품이 〈전적벽부〉와 〈후적벽부〉인데, 그중에서도 널리 알려진 대표작은 〈전적벽부〉이다.

후대에 미친 영향

1. 시(詩) 2,000여(餘) 수(首), 사(詞) 300여 수, 그 외의 산문(散文) 작품도 방대한 양에 이르며 북송(北宋)문학의 고봉(高峰)을 이룸.

2. 구양수(歐陽脩), 매요신(梅堯臣) 등이 제창한 시문혁신(詩文革新)운동의 성과를 진일보 발전시킴.

→ 송나라 초기에는 화려한 형식적 경향으로 치우치는 서곤체(西崑體)가 당시의 문단(文壇)에 만연해 있었는데, 구양수 등이 이러한 미문체(美文體)의 시문(詩文)을 개혁하고 내용을 중시할 것을 주장하였고, 특히 당나라의 한유를 모범으로 하는 시문(詩文)을 지었다. 따라서, 문학사(文學史)적으로는 이 시기를 북송(北宋)문학의 전성기로 부른다.

3. 풍부한 창작을 통해 시문혁신운동의 성과를 사(詞) 창작으로 확대.

4. 지식 연마의 학습태도와 실천 중시 및 다양한 지식들의 상호 연계(連繫) 강조.

→ 이러한 학습 중시태도는 후세 문인들의 창작에 영향을 끼친다.

16장

희곡
(戱曲)

중국의 희곡
한대(漢代)―당대(唐代)
원대(元代)
명·청대(明·淸代)

중국의 희곡

중국의 희곡(戲曲)은 가무(歌舞), 가무희(戲)로부터 발전. 唱(노래), 科(연기), 白(대사)의 3요소로 구성되어 있는데, 이중에서 창(唱)이 가장 중요한 역할 담당.

한대(漢代) ― 당대(唐代)

1. 한대(漢代)부터 가무극(歌舞劇)적 성격이 강한 갖가지 잡희(雜戲) 발생.
→ 잡희(雜戲)란 희곡(戲曲)의 3요소 중 과(科 : 동작)와 백(白 : 대사)을 강조한 것이다.

2. 위진 남북조(魏晉南北朝)시대에는 서역(西域)음악의 수입으로 더욱 성행.

3. 당대(唐代)에는 전문(專門) 극단(劇團)이 출현.

원대(元代)

1. 전기(前期)에는 잡극(雜劇)이 출현

잡극은 원(元) 초기(初期)에 북경(北京)을 중심으로 크게 유행했던 북방적 문학양식인데, 당시 서민(庶民)적 연예(演藝)양식의 한 갈래로서 기본적으로는 도시 서민계층 중심의 청중들에게 오락을 제공하는 것이 가장 큰 기능이었다.

2. 관한경파(關漢卿派)와 왕실보파(王實甫派)가 주축을 이룸

관한경의 생졸년은 미상(未詳)이며 대략 1246년을 전후하여 활약했다. 그는 약 65편의 잡극을 창작하였는데, 현재 전해지고 있는 것으로는 〈구풍진(救風塵)〉, 〈두아원(竇娥寃)〉 등 16편이다. 애정, 가정, 시사(時事), 재판, 의협(義俠), 영웅 등 도시 서민 생활 및 잘 알려진 전설(傳說)과 고사(故事)에서 작품의 제재를 많이 취했다.

왕실보의 생졸년 역시 미상이며 대략 1234년을 전후로 해서 활약하였다. 10여 편의 잡극을 창작하였으나, 현재 그 완본(完本)이 전하는 것으로는 〈서상기(西廂記)〉, 〈여춘당(麗春堂)〉, 〈파요기(破窯記)〉 등 세 편이다. 이중에서 특히 유명한 것이 〈서상기〉인데, 앵앵의 사랑을 그린 당대(唐代)의 전기(傳奇) 소설 〈앵앵전(鶯鶯傳)〉을 극화(劇化)한 것이다.

관한경파(關漢卿派)

① 극(劇)의 상연(上演)효과와 청중 반응 중시.

② 주로 구어(口語)체 사용.

③ 현실문제 위주의 소재를 다룸으로써 대중성(大衆性)이 강함.

   → 관한경의 잡극은 봉건통치하의 부패한 암흑상을 폭로하고, 당시 빈곤층 특히 최대의 희생자였던 여성의 숙명적 고뇌와 세태의 비참한 모습을 심도 있게 다룸으로써 호방(豪放)하고도 비장(悲壯)한 정취(情趣)가 녹아 있다.

④ 기존에 존재하지 않던 참신한 소재(素材)로 창작.

   → 관한경의 잡극은 왕실보와는 달리, 기존에 널리 알려진 역사고사(歷史故事)나 작품에서 소재를 찾지 않고 순수 창작을 위주로 하였다.

⑤ 대표작으로 〈구풍진(救風塵)〉, 〈두아원(竇娥寃)〉이 있음.

   → 〈구풍진〉과 〈두아원〉은 몽고족(蒙古族) 통치 아래에서 억압당하는 여인들의 고통을 표현하였는데, 대략적인 줄거리는 다음과 같다.

줄거리

기녀(妓女) 송인장은 자신의 생활에 염증을 느끼고 본래 결혼을 약속했던 안수실의 곁을 떠나, 부유한 상인에게로 시집간다. 하지만 남편의 구박과 학대를 견디다 못해 그의 의자매 조분아에게 구원을 요청하게 되고, 조분아는 기지를 발휘하여 송인장의 남편으로부터 이혼장을 받아내 송인장을 구해낸다. 송인장의 남편은 자신이 속았다는 사실을 알고 관아에 고발하지만, 조분아의 도움으로 오히려 평민으로 강등당하고, 송인장은 본래 결혼을 약속한 안수실에게로 가게 된다. 〈두아원〉은 두아의 아버지 천장이 진 빚 대신에 채(蔡)노파에게 어린 두아를 맡기고 과거시험 길에 오르는 데에서 시작된다. 13년 후 채노파의 며느리가 된 두아는 과부가 되고 살인범이라는 누명까지 쓰게 되어 처형당하게 되는데, 그녀는 억울함을 호소하며 자신이 죽으면 머리가 떨어질 때 피가 땅에 떨어지지 않고 깃발에 튈 것이고, 하늘에서 눈이 내릴 것이라고 하였다. 두아가 죽으면서 실제로 그렇게 되었고, 그 뒤 과거에 합격한 후 딸의 행방을 몰라 슬픔에 잠겨 있던 부친이 망령(亡靈)의 호소를 듣고 그녀의 억울함을 풀어준다.

왕실보파(王實甫派)

① 역사적 소재를 낭만적으로 각색하여 우아하게 극화(劇化)시킴.

② 주로 문어(文語)체 사용.

③ 수용(收容)계층은 주로 사대부(士大夫)계층.

 → 왕실보파는 문어체를 사용함으로써 내용이 다소 난해(難解)하였는데, 이는 수용계층이 주로 사대부계층이라는 사실과 연관성이 있다.

④ 주로 널리 알려진 역사고사나 작품에서 소재를 찾음.

⑤ 대표작으로 〈서상기(西廂記)〉, 〈오동우(梧桐雨)〉가 있음.

 → 〈서상기〉는 왕실보가 당대(唐代)의 전기(傳奇)소설 〈회진기(會眞記)〉의

〈앵앵전(鶯鶯傳)〉소재로 한 〈서상기제궁조(諸宮調)〉를 토대로 하여 잡극으로 각색(脚色)한 것인데, 줄거리는 다음과 같다.

줄거리

장생이 한 사찰에서 죽은 재상의 딸 최앵앵에게 반하여 우여곡절 끝에 하룻밤 겨우 서상(西廂) 밑에서 만날 수가 있었으나, 앵앵의 거절로 인해 낙담 끝에 자리에 눕는다. 장생이 몸져누웠다는 소식에 앵앵 역시 번민하다가 결국에는 장생에게로 달려가게 되고, 그 후 앵앵 모친의 방해로 다시 헤어지게 되지만, 결국에는 장생의 과거(科擧) 급제로 두 사람은 다시 만나게 된다. 〈오동우〉는 백박(白樸)이 당나라 때 백거이(白居易)의 장편 서사시 〈장한가(長恨歌)〉와 진홍(陳鴻)의 소설 〈장한가전(長恨歌傳)〉에서 취재(取材)하여 잡극으로 각색한 것으로, 현종이 안녹산의 난을 당하여 촉(蜀)으로 피신하던 도중, 마외파(馬嵬坡)에서 결국은 양귀비를 죽인다는 내용의 비극이다.

3. 후기(後期)에는 북방에서 남방으로 중심지 이동.

4. 왕실보파(王實甫派)가 주도권 장악.

→ 현실문제 부각(浮刻)과 비판적 관점의 극화(劇化)가 특징인 관한경파가 주도권(主導權)을 상실하게 되고, 낭만적이고 현실에 안주(安住)하는 성격이 강한 왕실보파가 주도권을 장악하게 된다.

5. 대표작으로 정광조(鄭光祖)의 〈천녀이혼(倩女離魂)〉이 있음.

→ 정광조 : 생졸년은 미상이며 대략 1294년 전후에 활약했다. 원래 18종의 잡극을 창작했다고 하지만, 지금은 〈천녀이혼(倩女離魂)〉, 〈한림풍월(翰林風月)〉 등 8편이 전하고 있다. 그의 대표작 〈천녀이혼〉은 당대(唐代) 진현우(陳玄祐)의 전기 소설인 〈이혼기(離魂記)〉를 극화한 것으로, 장천녀(張倩女)라는 한 여인의 열렬한 애정을 기본 줄거리로 한 것이다.

줄거리

왕문거와 장천녀는 부모의 언약으로 정혼한 사이였지만, 왕문거의 부모와 장천녀의 아버지가 모두 죽자 천녀의 모친은 문거에게 뚜렷한 직업이 없음을 들어 반대한다. 문거가 과거를 보기 위해 서울로 올라가게 되고 천녀는 상사병을 앓게 되는데, 그녀의 혼령이 문거를 따라 서울로 올라가 함께 지내고, 문거는 장원급제한 뒤 천녀의 혼령와 함께 돌아온다. 결국 천녀의 혼령이 병상의 천녀와 합체하고, 천녀의 모친은 두 사람의 결혼을 정식으로 허락한다.

명·청대(明·淸代)

1. 명대(明代)에는 원대(元代)를 풍미한 북방적인 잡극(雜劇)이 퇴조(退潮)하고, 남방음악에 바탕을 둔 새로운 극 양식인 전기(傳奇)가 성행(盛行).

2. 대표적 작가로는 고명(高明), 탕현조(湯顯祖)가 있음.

→ 고명(高明)의 명초(明初) 5대 전기(傳奇)로 〈살구기(殺狗記)〉, 〈백토기(白兎記)〉, 〈배월정(拜月亭)〉, 〈형차기(荊釵記)〉, 〈비파기(琵琶記)〉를 들 수 있다. 고명은 1345년을 전후로 하여 활약했는데 자(字)는 칙성(則誠)이며 온주(溫州) 사람이다. 원말(元末)에 진사에 급제하여 절강, 강서, 복건 등지에서 벼슬살이를 했으며, 문명(文名)이 대단하였다.

〈비파기〉는 조오랑(趙五娘)이라는 봉건예교의 한 전형적 여성상을 창조하고, 이 여인의 기구한 삶을 통해서 당시 사회의 탐관오리의 횡포, 빈부격차 등을 극명히 드러내어 사회적인 경종을 울리고 있다.

명나라 태조는 이 〈비파기〉를 보고 "사서(四書)와 오경(五經)은 오곡과 같은 것이라서 집집마다 없어서는 안 되는 것이며, 〈비파기〉는 진수성찬의 온갖 맛과 같은 것이어서 부귀한 집에 어찌 없을 수 있겠는가."라고 극찬했다.

탕현조(湯顯祖)의 자(字)는 의잉(義仍), 호는 약사(若士)인데, 강서성 임천(臨川) 사람이다. 1583년에 진사에 급제하여 벼슬길에 나아갔다. 우여곡절 끝에 수 창현(遂昌縣)의 지현(知縣)으로 있다가 권세가의 미움을 사서 파직되었고, 이 후 고향으로 돌아와서 작품 활동에 전념했다.

대표작으로는 이른바 '옥명4몽(玉茗四夢)'으로 일컬어지는 〈목단정(牧丹 亭)〉[일명 환혼기(還魂記)], 〈자차기(紫釵記)〉, 〈남가기(南柯記)〉, 〈한단기(邯鄲 記)〉가 있는데, 앞의 두 작품은 재자가인(才子佳人)의 애정극(愛情劇)이고 나머 지는 사회풍자극이다.

탕현조 당시 극단(劇團)은 희곡의 격률을 중시하는 풍조가 만연하여 작자들 은 자신의 재능과 감정을 스스로 구속하고 발휘하지 못했다. 그러나 탕현조 는 이러한 것에 얽매이지 않고 자유롭게 작품을 창작하였고, 게다가 그는 애 정 예찬론자로서 당시의 봉건예교에 대해 대단히 비판적이었다. 따라서 그 의 작품들은 청춘남녀의 심금(心琴)을 울리면서 대단한 인기를 얻었다.

3. 청대(淸代)에는 조정(朝廷)의 강력한 문화적 통제로 인해 소설만큼 성행하지 못함.

4. 청초(淸初)에는 이전부터 전해 내려온 잡극(雜劇)과 전기(傳奇) 유행.

5. 대표적 희곡 작가로는 홍승(洪昇), 공상임(孔尙任)이 있음.

→ 홍승(洪昇, 1650?~1704)은 자(字)가 방사(昉思), 호(號)가 패휴(稗畦)로, 절강 전당(錢塘) 사람이다. 〈장생전(長生殿)〉, 〈회문금(廻文錦)〉 등의 작품을 창작 하였는데, 그중에서도 〈장생전〉은 당 현종과 양귀비의 애절한 사랑을 그린 것으로, 많은 사람들의 심금을 울렸으며, 청대 제일(第一)의 희곡 명작으로 일 컬어진다.

공상임(孔尙任, 1648~1715?)은 자(字)가 계중(季重), 호(號)가 동당(東塘)으로, 산 동 곡부(曲阜) 사람이다. 홍승과 더불어 '남홍북공(南洪北孔)'으로 불린 청대 의 대표적인 희곡 작가로, 〈도화선(桃花扇)〉과 〈소홀뢰(小忽雷)〉 두 작품을 지 었다. 이 중에서 특히 〈도화선〉이 유명한데, 명말(明末)의 이른바 사공자(四 公子) 중의 한 명인 후방역(侯方域)과 진회(秦淮)의 명기(名妓) 이향군(李香君)과 의 파란만장한 사랑을 기본 줄거리로 하고, 명나라가 망할 때의 사회상을 곁

들였다. 홍승의 〈장생전〉과 함께 청대 회곡의 쌍벽으로 친다.

6. 청말(淸末)에 대중성을 상실한 잡극과 전기는 주도적 위치를 상실하고, 이를 대신하여 민간(民間)에서 새로이 유행하기 시작한 지방회(地方戱)가 등장.

→ 이전 시기 성행했던 전기(傳奇)와 잡극(雜劇)이 보수적 시대 풍토로 점차 침체되고 대중성을 상실하게 됨에 따라, 중엽(中葉) 이후 각 지방에서 토속(土俗)적 음악에 바탕을 둔 극(劇) 양식이 형성되는데, 그 중에서도 경극(京劇)은 북경(北京)을 중심으로 성행하였다. 경극은 춤과 노래가 동시에 진행되는데, 특징으로는 기교(技巧)와 허의성(虛儀性)의 동작 사용을 들 수 있다. 현재 중국과 외국 문화교류중의 중요한 보존 장르이다.

17장

삼국지연의
(三國志演義)

『삼국지연의(三國志演義)』의 개괄

1. 원명(原名) : 『삼국지통속연의(三國志通俗演義)』

연의(演義)란 역사적 사실에 근거하여 일부 자세한 내용들을 첨가한 장회체(章回體)로 된 소설을 뜻한다. 장회소설(章回小說)은 중국 고대 장편소설의 주요 형식으로, 그 특징은 쭉 이어지는 이야기를 사이사이에 회(回)로 나누어서 제목을 표시한다는 것이다. 이 회(回)의 제목을 모아놓으면, 바로 이게 그 소설의 목차가 된다. 그 추형(雛形)은 이미 송인(宋人) 화본(話本) 『대당삼장취경시화(大唐三藏取經詩話)』에 나타나며, 명, 청대의 장편 소설들은 보편적으로 이 형식을 취한다.

2. 중국 최초(最初)이자 최고(最高)의 성과를 거둔 장편(長篇) 역사 소설

3. 중국의 4대기서(4大奇書) 중 하나

『삼국지연의(三國志演義)』외에도, 다음 영역에서 차례로 배울 『수호전(水滸傳)』, 『금병매(金瓶梅)』, 『서유기(西遊記)』가 있다.

『삼국지연의』의 역사적 기원(起源)

1. 삼국(三國)시기 : 위, 촉, 오(魏, 蜀, 吳)의 역사 인물들에 대한 이야기가 민간(民間)에 유전(流傳)되기 시작.

2. 위진 남북조(魏晉南北朝) : 유의경(劉義慶)의 『세설신어(世說新語)』에 20여 고사(故事) 수록(收錄).

3. 수대(隋代) : 삼국의 인물에 대한 괴뢰희(傀儡戲 : 꼭두각시극) 등장.

4. 당대(唐代) : 삼국 인물에 대한 시(詩) 창작.

5. 송대(宋代) : 설창(說唱) 형식을 통하여 민간에 더욱 유전(流傳)됨.

→ 설창(說唱)은 강창(講唱)이라고도 하는데, 송대에 강(講 : 이야기)과 창(唱 : 노래)을 엇섞어가며 청중들에게 일정한 이야기를 연출하던 연예(演藝)이다. 따라서 그 대본도 운문과 산문이 엇섞여 있는 형식을 띠고 있는데, 오늘날의 우리 판소리도 이 강창의 일종(一種)으로 보면 된다.

6. 금·원대(金·元代) : 30여 종(餘種)의 극(劇) 출현.

→ 이중에서 『삼국지평화(平話)』는 원대(1321~23)에 출간(出刊)된 것으로 총 3 권이 있는데, 민간에 전해지는 삼국 이야기를 기록해 놓은 것 중에 가장 빠르며 유일한 현존 작품이기도 하다. 내용과 짜임새가 투박하기는 하지만 『三國 志演義』의 윤곽을 그려냈다.

7. 『삼국지통속연의(三國志通俗演義)』

→ 민간 전설(民間 傳說)과 화본(話本), 희곡(戲曲), 그리고 진수(陳壽)의 『삼국 지(三國志)』와 이에 대한 배송지(裴松之)의 주해(註解) 등 정사(正史)에 나관중 (羅貫中)의 풍부한 생활 경험과 상상력(想像力)이 더해진 결정체이다.

화본(話本)은 송대(宋代) 설화인(說話人)들의 이야기 대본으로, 강창(講唱)의 형식을 띠고 있다. 이 대본을 중국 문학사에서는 화본소설이라고 하며, 훗날 중국 백화소설(白話小說)의 모태(母胎)가 된다.

서진(西晉) 시기의 진수(陳壽)가 저술한 『삼국지(三國志)』는 정사(正史)를 기록한 사서(史書)로서, 후에 나관중의 소설에 큰 영향을 미친다. 진수의 『삼국지』는 역사서인데, 그 내용이 비교적 간략하기 때문에 배송지가 주석(註釋)을 덧붙여 그 내용을 보완하게 되는 것이다.

나관중(羅貫中)

　나관중(1330?~1400). 호(號)는 호해산인(湖海散人), 이름은 본(本)이며, 자(字)는 관중으로, 산서성(山西省) 여릉(廬陵) 출신. 원말(元末) 농민 의병(義兵)에 참가.

　집필의도(執筆意圖) : 봉건(封建) 정치의 부패(腐敗)와 암흑상에 불만을 갖고 인정(仁政)과 왕도정치(王道政治)를 통한 안정된 정치 사회 요구. 이러한 사상이 『三國志演義』를 통해 반영되고 있음.

『三國志』와 『三國志演義』 비교

삼국지(三國志)	삼국지연의(三國志演義)
저자(著者) : 진수(陳壽)	저자 : 나관중
위(魏) 정통(正統)	촉(蜀) 정통(正統)
역사서	연의류(演義類) 소설
사실성	사실을 기반으로 하는 허구성
공정성(公正性)	불공정성

대표적(代表的) 인물(人物)

1. 유비(劉備) : 삼국 시대 촉한(蜀漢)의 제1대 황제(161~223)

　자(字)는 현덕으로, 후한(後漢) 영제(靈帝) 때 황건적(黃巾賊)을 소탕하여 공을 세우고, 후에 제갈량(諸葛亮)의 도움을 받아 오(吳)나라의 손권(孫權)과 함께 조조(曹操)의 대군을 적벽(赤壁)에서 격파하였다. 후한이 망하자 스스로 제위(帝位)에 오르게 된다.

2. 관우(關羽) : 삼국시대 촉나라의 무장

유비, 장비(張飛)와 도원결의(桃園結義)로 의형제를 맺고 평생을 함께한다. 소설 『삼국지연의』에서 충신(忠臣)의 전형(典型)으로 등장하고, 오늘날까지도 중국 민간 신앙의 대상이 되기도 한다.

3. 장비(張飛) : 삼국시대 촉나라의 무장

유비, 관우와 의형제를 맺고 역시 평생 함께 한다. 후한 말 동란기의 많은 전쟁에서 용맹을 떨쳤는데, 불같은 성격과 애주가(愛酒家)로서의 이미지로 유명하다.

4. 제갈량(諸葛亮) : 삼국시대 촉한의 정치가 겸 전략가(戰略家)

제갈공명(諸葛孔明)으로 널리 알려져 있는데, 와룡선생(臥龍先生)이라고도 한다. 오의 손권과 연합하여 조조의 대군을 적벽에서 대파하는 등 수많은 공을 세웠는데, 유비가 제위에 오르자 재상(宰相)이 되었다.

작품의 의의(意義)

1. 문학적 의의

장편 역사 소설 장르의 개척(開拓)으로, 이후 『개벽연의(開闢演義)』, 『청궁연의(淸宮演義)』 등의 역사 소설 창작에 영향을 미친다. 또한 회곡 방면에도 영향을 주게 되는데, 140여 편의 경극(京劇)이 삼국 이야기를 제재(題材)로 하였다.

2. 사회적 의의

사회 고발의 차원에서는 봉건(封建) 통치자들의 본질과 죄악을 적나라하게 드러내는 등 긍정적 의의를 지니지만, 지나치게 정통성(正統性)을 피력함으로써 충의(忠義)를 이용하여 황제에게 충성하는 설교의 도구로 이용되었다는 차원에서는 부정적인 색채도 띠고 있다.

예술적 특징(藝術的特徵)

1. 인물의 개성(個性) 있고도 생생한 묘사

정제(整齊)된 언어와 과장(誇張), 대비(對比) 등을 통해서 각 등장인물들의 특징을 생생하게 그려내고, 전개되는 상황과 인물 간의 심리 묘사 등을 생동감 있게 묘사해냄으로써, 독자들의 몰입을 이끌어내었다. 이제 소설의 한 단락을 살펴보자.

> 자리에서 또 한사람이 물었다 : 공명은 장의와 소진의 언변을 본받아 동오(東吳)를 설득하려하오? 공명이 보니, 그는 바로 보즐이었다. 공명이 말하기를 : "보자산(즉 보즐)은 소진과 장의를 변사라고 보시는데, 소진과 장의가 호걸이기도 하다는것을 모르는가 보군요. 소진은 여섯 나라의 재상을 지냈고, 장의는 두 번이나 진나라 재상이 되어, 모두 나라와 백성들을 보살폈거니와 나라를 바로잡은 뛰어난 인물인데, 강한 자를 두려워하고 약한 자를 업신여기며 칼을 두려워하고 창을 피하는 자들과는 비교할 수조차 없습니다. 그대들은 조조가 허위로 지어낸 거짓 격문 한 장에 두렵고 무서워 항복하기를 청하면서, 감히 소진과 장의를 비웃는단 말이오? 보즐은 묵묵부답하였다.
>
> −〈설전권유〉 중에서−
>
> 座上又一人問曰 : "孔明欲效儀, 秦之舌, 游說東吳耶?" 孔明視之, 乃步騭也。孔明曰 : "步子山以蘇秦, 張儀爲辯士, 不知蘇秦, 張儀亦豪杰也 : 蘇秦佩六國相印, 張儀兩次相秦, 皆有匡扶人國之謀, 非比畏强凌弱, 懼刀避劍

之人也。君等聞曹操虛發詐僞之詞, 便畏懼請降, 敢笑蘇秦, 張儀乎?"步騭
默然無語。"

—〈舌戰勸儒〉—

이처럼 소설은 명확한 논리와 정제된 언어를 통해, 등장인물 간의 심
리 묘사를 생동감있게 그려냄으로써, 독자의 몰입을 이끌어냄은 물론,
심지어 마치 독자가 그 자리에 있는 듯한 느낌마저 주고 있다.

2. 웅장(雄壯)하고 치밀(緻密)한 구성

각각의 전투(戰鬪)에서 보여주는 다양한 전략(戰略)과 전술(戰術), 역량
(力量) 대비(對比)와 치열한 각축 과정에 일어나는 쌍방(雙方)의 지위(地
位) 변화(變化) 등에 대한 흥미진진한 전개는 후세 연의소설에 지대한 영
향을 미친다.

후대에 미친 영향

1. 中國과 言語, 文字가 다른 문화권(文化圈)까지 영향

특히 고사성어(故事成語)는 지금까지도 아시아 지역의 다른 문화권에
서도 널리 활용되고 있다. 예를 들어, 도원결의(桃園結義 : 유비가 관우와
장비를 만나 의기가 투합되면서, 장비의 집 후원에 있는 복숭아밭에서 의형제
를 맺으며 생사를 결의했다는데서 유래)나 삼고초려(三顧草廬 : 유비가 관우
와 장비를 데리고 세 번씩이나 제갈량의 초가집에 찾아가 예의를 갖추고 모셨
다는데서 유래), 수어지교(水魚之交 : 유비가 제갈량을 얻은 것이 마치 물고기
가 물을 만난 것과 같이, 막역하고 절친한 사이를 지칭하는 표현) 등은 지금까
지도 널리 인구(人口)에 회자(膾炙)되고 있다.

2. 사서(史書)에서 연의류(演義類) 소설로의 진화(進化)

이는 독자층(讀者層)이 귀족 지식층이라는 제한된 범위에서 일반 백성으로까지 확대됨을 의미한다. 다시 말해서, 경, 사, 자, 집(經, 史, 子, 集 : 경학, 사학, 제자학, 기타)은 본래 귀족 지식층들만이 아우르는 지극히 제한된 영역이었는데, 이러한 제한된 범위의 역사를 소설화시킴으로써 일반 백성들까지도 그 내용을 향유(享有)할 수 있게 되었다.

3. 충효절의(忠孝節義)의 윤리(倫理)

이후 역사, 군사전략, 정치 및 철학 교과서로 이용되었다.

4. 다양한 예술장르의 소재(素材)가 됨

이후 영화나 드라마 경극(京劇) 등에서 끊임없이 재생되는 등 예술장르에 무한한 소재를 제공한다.

18장

수호전
(水滸傳)

『수호전(水滸傳)』

1. 북송(北宋) 시기 호수(水) 가(滸)를 무대로 하여 펼쳐진 영웅호걸들의 이야기

소설의 제목은 등장인물 중의 하나인 송강(宋江)이 양산박(梁山泊)이란 호수를 근거지(根據地)로 삼은 데서 유래한다.

2. 사서(史書)에 기록된 사실(史實)이 구전(口傳)

송·원대(宋·元代)를 거치며 화본(話本)과 잡극(雜劇)의 제재(題材)로 쓰이며 이야기가 점차 확대되어 소설로 발전하였는데, 이러한 과정은 앞에서 배운 『삼국지연의』와 비슷하다고 볼 수 있다.

3. 중국의 4대기서(4大奇書) 중 하나. 명대(明代)에 이르러 소설로 출판

당시 명나라의 시대적 상황은 소설 속 배경인 12세기와 마찬가지로 천붕지괴(天崩地壞)의 변동기(變動期)였는데, 즉 명말(明末) 청초(淸初) 정치와 군사적 위기 속에서 심리적 불안감을 지닌 대중(大衆)들은 『수호전(水滸傳)』을 탐닉하게 되었다. 이는 일종(一種)의 영웅(英雄) 추구심리(追求心理)라고 할 수 있는데, 마치 오늘날 우리가 혼란스러운 세상에서 슈퍼맨과 같은 영웅을 추구하는 현상과 일맥상통(一脈相通)한다고 볼 수 있다.

작가 추론(推論)

1. 시내암(施耐庵)의 단독 저작.

2. 이인(二人)의 공동저작(共同著作).

→ 『수호전』이 공동 저작이라고 주장하는 학자들의 의견은 다시 크게 두 가지로 나뉘는데, 첫 번째는 나관중(羅貫中)이 주도(主導)하고 시내암이 정리(整理)했다는 학설(學說)과, 시내암이 집필(執筆)하고 나관중이 후속(後續) 집필하였다는 학설로 정리할 수 있다.

3. 현재는 시내암의 작품으로 추정(推定).

시내암(施耐庵)

시내암(1296?~1370?). 원말, 명초(元末, 明初)의 작가.

이름은 자안(子安), 자(字)는 내암(耐庵)으로, 강소성(江蘇省) 회안(淮安) 출신.

집필의도(執筆意圖) : 원말 명초의 격동기(激動期)에 사회 부패(腐敗)와 백성들의 고통(苦痛), 선비들의 실의(失意) 등을 목도(目睹). 비분강개(悲憤慷慨)한 심정으로 옛 것을 빌어 현실 풍자(借古諷今).

줄거리

도교(道敎) 교조(敎祖)인 장천사(張天師)에 의해 비석 밑에 묻혀있던 정기(精氣)가 풀리면서, 지하의 복마전(伏魔殿)에 봉(封)해진 108명의 마왕(魔王)들이 세상으로 나와 양산박(梁山泊)에 집결하게 되고 산적(山賊)으로 활동한다. 그러한 와중에 관군(官軍)에 항거하다 조정(朝廷)에 투항(投降)하게 된 108호걸(豪傑)들은 조정의 명령으로 요(遼) 정벌, 전호(田虎) 정벌, 왕경(王慶) 정벌 등 지방의 반란평정(叛亂平定)을 위해 파견되나, 결국 방랍(方臘) 정벌 과정에서 많은 동료들을 잃게 되고, 송강(宋江)도 독살 당하는 등 108호걸들은 비극적(悲劇的) 결말을 맞이하게 된다.

작품의 의의(意義)

1. 문학적 의의

송강(宋江) 중심의 양산(梁山) 농민군들의 흥기(興起)부터 조정(朝廷)에 투항하기까지의 역사과정 묘사를 통해, 봉건통치 집단의 암흑성과 서민의 비참한 생활, 그리고 주인공들의 투쟁정신과 감정들을 사실감 있게 표현하였다.

2. 사회적 의의

대중소설(大衆小說)의 형식을 통해서 사회악(社會惡)과 정면으로 맞선 이들의 영웅담(英雄譚)을 사실적으로 그려낸 사회소설이라는 긍정적 의의를 지니지만, 투쟁 방향을 견지(堅持)하지 못하고 결국 부패세력(腐敗勢力)에 귀순하여 이용만 당하다 비극적(悲劇的) 결말을 맞이한다는 시대적 한계를 극복하지 못한 측면도 있다.

대표적 인물(代表的 人物)

1. 송강(宋江) : 관아(官衙)의 서기(書記) 출신

별명은 급시우(及時雨 : 단비) 또는 호보의(呼保義 : 충의를 지킬 것을 호소함)로, 의형제 조개를 돕다가 첩(妾)을 죽여 양산박에 입단하게 된다. 고지식하고 세상물정을 모르지만, 그의 인품에 감동한 동료들에 의해 우두머리로 추대된다. 소설에서는 그를 전형적인 보수적(保守的) 인간형으로 묘사하고 있는데, 이는 『삼국지연의(三國志演義)』에서의 유비(劉備) 또는 『서유기(西遊記)』의 삼장법사(三藏法師)의 인물 형상(形象)과 매우 유사하다.

2. 임충(林沖) : 금군(禁軍)의 창봉교관(槍棒教官) 출신

별명은 표자두(豹子頭 : 표범 머리)로, 태위(太尉) 고구(高逑)의 양자(養子)가 아내를 탐내 억울한 누명을 쓰고 양산박으로 도주하게 된다. 방랍군(方臘軍) 토벌 후 중풍에 걸려 육화사(六和寺)에서 무송의 간호를 받다 병사(病死)한다.

3. 노지심(魯智深) : 군사훈련관(軍事訓練官) 출신

본명은 노달인데, 등에 꽃 문신이 있어 별명이 화화상(花和尙 : 꽃 스님)이다. 불의(不義)를 못 참는 성미 때문에 사람을 죽이고, 불가(佛家)에 입문 후 이룡산(二龍山)의 도적이 된다. 이후 깨달음을 얻어 육화사(六和寺)에서 승천(昇天)한다.

4. 무송(武松) : 고을의 치안대장(治安隊長) 출신

별명은 행자(行者 : 불가의 수행인)인데, 맨손으로 호랑이를 때려잡은 일화(逸話)로 유명하다. 형의 원수를 갚기 위해 형수 반금련(潘金蓮)과 그녀의 정부(情夫) 서문경(西門慶)을 살해한 후 귀양 갔다가 이룡산(二龍山)으로 향한다. 방랍 토벌 때 왼팔을 잃고 육화사로 출가(出家)한다.

무송의 일화는 후에 『금병매(金瓶梅)』 창작에 중요한 동기를 부여하게 된다.

작품 특징

1. 빠른 장면 전환과 박진감(迫進感) 넘치는 사건 전개.

2. 대비(對比)와 대화(對話) 등을 통해 108호걸의 인물 형상과 심리(心理) 및 개성(個性)을 생동감 있게 묘사.

3. 구어체(口語體)로 서술.

→ 즉 백화문(白話文)으로 표현되어 소박(素朴)하고도 통속(通俗)적이면서도, 동시에 세련되고도 정제(精製)된 언어를 구사하고 있다. 이제 소설의 한 단락을 살펴보자.

> 임충은 짐과 이부자리를 침상 위에 놓고서는 앉아서 불을 지피기 시작했다. 방 안에 있는 숯더미에서 숯 몇 덩이를 집어다 화덕에 넣고 나서, 머리를 들어 그 초가집을 둘러보니, 사벽(四壁)이 모두 무너지고, 또 북풍이 몰아치니 흔들거렸다. 임충은 "이런 집에서 어떻게 겨울을 날 수 있겠나? 눈이 멎고 날이 개면 성으로 들어가 미장이를 불러다 수리해야겠군" 이라고 중얼거렸다. 불을 쬐었으나 몸이 더 차가워짐을 느끼고는, 그는 "방금 그 늙은이가 5리 밖에 그 인가(人家)가 모인 곳이 있다고 하였으니, 거기 가서 술이나 받아다 먹어야지"라고 생각하며 짐 속에서 부스러기 은자를 꺼냈다. 창대 끝에 술 담을 호로병을 매달고 타고있던 숯을 덮어버리고는, 모전으로 만든 모자를 챙겨 열쇠를 갖고 초막문을 닫은 후 대문을 나섰다. 마초장의 대문을 밖으로 당겨 닫아 잠그고 열쇠를 지닌 채로 동쪽으로 걸음을 옮겨, 북풍을 등지고 눈 쌓인 땅을 밟는데, ─눈이 마침 세차게 퍼부었다.
>
> ─10회 중에서─
>
> 只説林衝就床上放了包裹被卧, 就坐下生些焰火起來, 屋邊有一堆柴炭, 拿幾塊來生在地爐里: 仰面看那草屋時, 四下里崩壞了, 又被朔風吹撼搖振得動。 林衝道, "這屋如何過得一冬, 待雪晴了, 去城中喚個泥水匠來修理。" 向了一回火, 覺得身上寒冷, 尋思 "却才老軍所説五里路外有那市井, 何不

去沽些酒來吃?" 便去包里取些碎銀子, 把花槍挑了酒葫芦, 將火炭盖了, 取
氈笠子戴上, 拿了鑰匙出來, 把草廳門拽上, 出到大門首, 把兩扇草場門反
拽上, 鎖了, 帶了鑰匙, 信步投東, 雪地里踏着碎瓊亂玉, 迤逦背着北風而
行, ——那雪正下得緊。

—第10回—

이처럼 소설은 현대 중국어와 같은 백화문으로 소박하게 상황을 전개해나가
고 있다.

4. 구조(構造)적 우수성(優秀性).

→ 각자의 개성이 강한 108영웅들을 소설 전체의 한 유기적(有機的) 부분으로
절묘하게 융합(融合)시킴으로써, 다양한 인물들의 등장이나 수많은 사건 전
개에도 불구하고 전반적인 안정성과 통일성을 주고 있는데, 이러한 구조적
우수성은 『삼국지연의』의 기반에서 한층 더 성숙된 모습을 보여주고 있다.

5. 서민(庶民)계층이 공감대를 형성할 수 있는 인물 중심의 전개.

→ 『서유기(西遊記)』의 신마(神魔)나 『유림외사(儒林外史)』의 지식인계층, 『홍
루몽(紅樓夢)』의 명문가 자녀에 대한 묘사와 달리, 노지심(魯智深)이나 무송(武
松) 등과 같이 신분이 낮은 계층의 인물을 중심으로 이야기를 전개함으로써,
서민계층이 친근감을 가지고 더 쉽게 다가갈 수 있는 공감대를 형성하였다.

후대에 미친 영향

1. 민간문예(民間文藝)를 기반으로 완성된 구어(口語)소설의 정점
(頂点)

위에서 언급한 바 있듯이 『수호전』은 화본(話本)과 잡극(雜劇)의 제재
(題材)로 꾸준히 쓰이며 이야기가 점차 확대되어 소설로 발전한 것이기
때문에, 『삼국지연의(三國志演義)』와 더불어 명대(明代)에 민간문예를 바

탕으로 완성된 장편소설의 선구(先驅)가 된다. 그중에서 특히『수호전』은 구어체를 기반으로 하여 전개되기 때문에, 독자들이 더욱 현장에 있는 듯한 생동감을 느낄 수 있거니와 각 등장인물들에 대해서도 친숙(親熟)함을 더하고 있다.

2. 사실주의(寫實主義)와 낭만주의(浪漫主義)의 결합

역사적 사실(史實)을 다룬 것은 사실주의의 전형적인 특징이고, 신마소설(神魔小說)적 요소가 반영된 것은 낭만주의의 전형적인 특징이라고 할 수 있다.

3. 모반(謀叛)정신, 저항(抵抗)정신의 고취(鼓吹)

『수호전』이 반영하는 이러한 정신은 명말(明末) 이자성(李自成)의 농민혁명이나 태평천국(太平天國), 의화단(義和團)사건과 반청(反淸)의 천지회(天地會) 활동 등에 영향을 미치게 된다.

19장

서유기
(西遊記)

『서유기(西遊記)』

1. 명대(明代)에 완성된 구어체 신마소설(神魔小說)로, 총 100회(回)의 장회체(章回體)로 이루어진 장편소설(掌篇小說). 중국의 4대기서(4大奇書) 중 하나.

2. 서역(西域) 지방을 여행하며 불경(佛經)을 구해오기 위한 과정을 그린 소설.

→ 『서유기(西遊記)』는 당나라 고승(高僧) 현장(玄奘 : 602?~664)이 인도(印度)로 가서 대승불전(大乘佛典)을 가지고 오기 위해 여행을 했던 역사적 사실에 근원(根源)을 두고 있다. 당나라 말에 이미 이를 전설화(傳說化)한 설화(說話)가 존재했고, 송나라 때에는 여기에 허구(虛構)를 가한 『대당삼장취경시화(大唐三藏取經詩話)』가 나왔으며, 명대(明代) 중엽(中葉)에 이르러 작가 오승은(吳承恩)이 이러한 내용을 집대성하고 확장시켜 장회소설(章回小說)로 완성하였다.

오승은(吳承恩)

오승은(1500?~1582?). 자(字)는 여중(汝中), 호(號)는 사양산인(射陽山人)으로, 강소성(江蘇省) 회안(淮安) 출신.

명(明)나라 문학가로. 어렸을 때부터 글과 그림에 뛰어난 소질을 보였는데, 글을 지어 생계를 유지하면서 빈곤 생애를 보냈다고 전해짐.

줄거리

화과산(花果山)의 미후왕(美猴王 : 원숭이들의 왕)은 영생불멸(永生不滅)의 도(道)를 얻고자 수보리(須菩提) 조사(祖師)를 만나게 되어 손오공이란 법명을 얻고 또 수보리에게서 근두운(筋斗雲)을 타는 법 등을 배우게 되나, 선도(仙桃)와 선주(仙酒) 등을 훔쳐 먹고 소란을 피우다 석가여래

(釋迦如來)에게 붙잡혀 오행산(五行山)에 갇힌다. 500년 후 서역으로 불경을 가지러 가게 된 삼장법사가 손오공을 구해내 제자로 삼아 함께 여행을 떠나는데, 도중에 저팔계와 사오정이 각각 삼장법사의 둘째, 셋째 제자가 된다. 손오공은 삼장법사를 모시고 가다 쫓겨나기도 하고 요괴 등을 만나 싸우는 등 모두 80번의 재난(災難)을 겪은 끝에 서역에 도착하여 설법을 듣고 진경(眞經)을 얻는다. 당나라로 돌아오던 길에 자라가 석가여래에게 자기 수명을 알아오지 않았다고 삼장 일행을 물에 처넣어버림으로써 81번의 재난을 모두 채우게 되고, 마침내 삼장 일행은 당 태종(太宗)에게 불경을 바치게 되면서 긴 여정(旅程)을 마감하며 그 공적(功績)으로 해탈(解脫)하게 된다.

작품의 의의(意義)

1. 문학적 의의

변화무상(變化無常)하고 파란만장한 이야기로 환상(幻想)과 공포(恐怖)의 경계를 넘나듦으로써 독자들을 몰입시키고, 기발한 아이디어와 각 등장인물의 언행으로 웃음을 자아내는 한편, 현실세계의 추악함과 통치계급의 타락상을 천계(天界)에 반영시킨 해학(諧謔)과 풍자(諷刺)의 문학이기도 하다.

2. 사회적 의의

사회적 약자(弱子)를 돕고 강한 자를 무찌르며, 악을 몰아내고 선이 이기도록 함으로써, 권선징악(勸善懲惡)의 사상을 피력하고자한 면은 긍정적으로 볼 수 있으나, 윤회(輪廻)나 인과응보(因果應報) 사상 등 종교와 시대의 한계를 뛰어넘지 못한 측면도 있다.

대표적 인물(代表的 人物)

1. 삼장법사(三藏法師) : 서역으로 불경(佛經)을 취(取)하러 가는 인물

전형적으로 명분(名分)만을 중시하고 무능력한 보수(保守)적 인물형상으로, 그를 수행(隨行)하는 손오공(孫悟空), 저팔계(豬八戒), 사오정(沙悟淨)과 함께 서역으로 불경을 취하러 떠난다.

2. 손오공(孫悟空) : 소설의 주인공이자, 삼장법사를 수행하는 원숭이

거침없고 난폭하고도 자유분방한 성격을 지녔지만, 도술(道術)을 자유자재로 구사하여 약자(弱子)를 돕는다.

3. 저팔계(豬八戒) : 삼장법사를 수행하는 돼지

단순한 성격에 음식과 여자에 눈이 먼 낙천가(樂天家)이지만, 우여곡절(迂餘曲折) 끝에 결국은 손오공과 함께 삼장법사를 서역까지 수행한다.

4. 사오정(沙悟淨) : 삼장법사를 수행하는 하천(河川)의 괴물

무뚝뚝한 성격에 비관주의자(悲觀主義者)이지만, 충직(忠直)한 성격으로 역시 끝까지 삼장법사를 수행한다.

작품 특징

1. 100회로 이루어진 장편소설(掌篇小說)이자 신마소설(神魔小說)

주인공과 요괴(妖怪)들이 하늘과 땅을 오가면서 격렬한 싸움을 벌이는 부분이 자주 등장하고, 주인공들은 인간과 동물 그리고 신의 특성을 조화시킨 형상을 갖추고 있다.

2. 평민(平民)들의 저항의식 반영

용왕(龍王)이나 옥황상제(玉皇上帝)의 권위에 도전하고, 자연력과 사회악의 상징인 요마(妖魔)를 물리치는 주인공을 형상화함으로써, 평민들의 저항의식을 대변(代辯)함과 동시에 고취(鼓吹)시키고자 하였다.

3. 강한 종교적 색채

주인공 일행이 겪는 81번의 고난을 통해 불교적 고행(苦行)의 어려움을 간접적으로 드러내고, 또한 윤회(輪廻)나 인과응보(因果應報), 권선징악(勸善懲惡) 등의 사상을 피력함으로써 여타(餘他) 소설과 차별화된 강한 종교적 색채를 지닌다.

4. 민간의 언어를 받아들이고, 산문체와 운문체를 적절히 혼용(混用)함

다음은 소설에 나타난 몇 가지 표현을 예로 든 것이다.

바보! 네가 이 집의 사위가 되어라.
呆子! 你與這家子做了女婿罷。

헛소리! 모두 그럴 마음이 있으면서 유독 이 저(猪)가를 망신시킬 거야 없잖소?

胡説大家都有此心, 獨拿老猪丑!

5. 낭만주의(浪漫主義)적 색채

『서유기』는 중국의 4대 기서(奇書) 가운데 가장 낭만주의적 색채가 깊은 작품이라고 할 수 있다. 인간과 동물 그리고 자연의 융화(融化)를 통해서, 작가 오승은(吳承恩)은 옛날부터 전해 오는 내용에다 풍부한 상상력을 더하여 손오공 일행을 인간의 개성과 동물의 특징, 초자연적인 신성(神聖)함이 융화된 형상으로 재창조하였다.

후대에 미친 영향

1. 중국민간설화(中國民間說話)의 보고(寶庫)로서, 후대(後代) 경극(京劇)으로도 제작되는 등 큰 인기를 얻음.

2. 이후 소위 서유기(西遊記)의 속작(續作)으로 일컬어지는 작품들이 출현.

→ 명대(明代) 말기(末期)에는 『서유보(西遊補)』라는 작품이, 청대(靑代) 초기(初期)에는 『후서유기(後西遊記)』가 편찬되었다.

20장

금병매
(金瓶梅)

『금병매(金瓶梅)』

1. 명대(明代) 만력연간(萬曆年間) 중기(中期)에 만들어진 것으로 추정(推定).

만력연간은 신종(神宗)의 연호(年號)인데, 『금병매』는 대략 1573년에서 1620년 사이에 쓰여진 것으로 추정하고 있다.

2. 소설의 시대배경은 송(宋) 휘종(徽宗)시기로, 총(總) 100회본(回本)

작가는 『수호전(水滸傳)』 서문경(西門慶)과 반금련(潘金蓮)의 정사(情事)에 이야기를 보태어, 실제로는 명대(明代) 사회의 어둡고 추악함을 비유적(比喩的)으로 폭로(暴露)하고자 하였다. 이는 당시의 부패상(腐敗狀)을 직접적으로 비판하면 모종(某種)의 불이익이 있을까 두려워, 전(前)시대의 역사적 사건(歷史的事件)을 빌어 완곡하게 말하는 간접적 비판형식이라고 볼 수 있다. 이러한 간접적 비판형식은 중국의 전통적인 서술방식으로, 비판시(批判詩)나 한부(漢賦)의 일부 작품, 『수호전(水滸傳)』 등이 모두 이러한 방식으로 써내려간 것이다.

3. 중국의 4대기서(4大奇書) 중 하나

4. 색정소설(色情小說), 인정소설(人情小說)으로 분류(分類)

인정소설이란 연애, 혼인 몇 가정의 일상생활을 제재로 하여 현실 사회생활을 반영하는 중·장편소설을 뜻한다.

5. 작자 미상(作者未詳)

작가 추론(推論)

1. 난릉(蘭陵)의 소소생(笑笑生)의 단독 저작.

2. 산동(山東) 출신으로 추정.

→ 이러한 추정은 작품에 등장하는 인물들의 상당수(相當數) 대화(對話)가 산동방언(方言)으로 구사(驅使)되고 있음에 기인(起因)한다.

3. 가정말년(嘉靖末年)에서 만력중기(萬曆中期)의 이개선(李開先) 저작.

→ 가정연간은 세종(世宗)의 연호(年號)이고, 이개선(李開先)은 생졸연대가 1501년에서 1568년까지인 명대(明代)의 산동(山東)지역 희곡작가였다.

4. 불특정다수(不特定多數)의 공동 저작.

→ 각 회목(回目)에서 나타나는 대구(對句)나 평측(平仄), 자수(字數) 등 저술과정(著述過程)에서의 특징이 일정치 않기 때문에, 개인 저작이 아닌 설화인(說話人)들이 지속적으로 개편(改編), 보충(補充), 윤색(潤色)한 결과라고 보는 이들도 있다.

금병매(金瓶梅)의 의미

반금련(潘金蓮), 이병아(李瓶兒), 춘매(春梅)

즉 소설의 제목은 작고 아름다우면서도 생기가 넘치는 여인의 용모와 성격을 상징하는데, 이는 서문경(西門慶)의 첩(妾) 반금련(潘金蓮)과 이병아(李瓶兒), 그리고 반금련의 시녀(侍女)인 춘매(春梅) 세 여인들을 지칭한다.

줄거리

생약상(生藥商) 서문경은 악질적인 방법으로 권력과 재력을 키우고 수많은 여인을 첩(妾)으로 두는데, 여기서 만족하지 못하고 무송(武松)의 형 무대(武大)의 아내인 반금련과 밀통하다가 급기야 남편을 독살하게 하고 그녀를 첩으로 삼는다. 무송은 형의 원수를 갚기 위해 엉뚱한 사람을 죽여 유죄에 처해지고, 서문경은 친구의 재산을 가로채 그의 아내 이병아까지 첩으로 맞아들이게 된다.

반금련은 시샘에 눈이 멀어 이병아와 서문경 사이에서 태어난 아이를 구박해서 죽게 만들고 이병아 역시 죽게 되는데, 그 와중에 서문경마저 음탕(淫蕩)한 사생활 끝에 급사(急死)하게 되자, 결국 집에서 쫓겨난 반금련은 무송에게 죽임을 당하게 된다. 서문경의 본처(本妻) 오월랑(五月娘)은 절에서 깨달음을 얻게 되고, 그의 유복자(遺腹子)는 출가(出家)하게 된다.

작품의 의의(意義)

1. 문학적 의의

토속어(土俗語)나 산동방언(山東方言)을 사용함으로써 언어의 통속화(通俗化) 발전에 기여하였고, 또한 전기(傳奇)나 신마(神魔)적 제재를 탈피하여 현실적인 사회생활을 소재(素材)로 삼았다.

2. 사회적 의의

당시 명나라는 환관(宦官)의 득세(得勢)와 황제의 방탕(放蕩)으로 국세(國勢)가 쇠락(衰落)하였고, 상업(商業)발달에 따른 대상(大商)들의 발호(跋扈)로 인해 부익부 빈익빈(富益富 貧益貧)의 사회현상이 심각해졌다. 이러한 상황에서, 작가는 소설을 통해 사회질서가 붕괴(崩壞)되고 이에 따라 사치(奢侈)와 향락(享樂)을 추구하던 경향을 반영함과 동시에 적나라(赤裸裸)하게 파헤치고자 하였다.

작품 특징

1. 뛰어난 인물 묘사

생동감 있는 언어를 사용하여 등장인물들의 사상이나 감정, 행동을 섬세하게 묘사하였는데, 특히 외설(猥褻)적 욕이나 음담패설(淫談悖說), 속담, 성어(成語), 은어(隱語), 방언(方言) 등을 적절하게 활용하였다. 이제 소설의 한 단락을 살펴보자.

> "내가 듣기로는 그 불조가 있는 서천도 땅에 황금을 깐 데 불과하고 지옥에 있는 열개의 궁전에 가도 지전 뭉치를 요구한다네. 우리가 이 가산을 몽땅 써서 널리 착한 일을 하여, 상아를 강간하고 직녀를 화간하고 허비경을 꾀어내며 서왕모의 딸을 도적질해내도, 내 이 엄청난 부귀는 줄어들지 않는단 말일세.
>
> —제57회 중에서—
>
> 咱聞那佛祖西天, 也止不過要黃金鋪地, 陰司十殿, 也要些楮鏹營求。咱只消盡這家私廣爲善事, 就使强奸了嫦娥, 和奸了織女, 拐了許飛瓊, 盜了西王母的女兒, 也不減我潑天的富貴。"
>
> —第57回—

2. 방대(尨大)하고도 질서 있는 구성

당시 사회 전반적으로 만연되어 있는 세태에 대해서, 사실적이고도 적나라(赤裸裸)한 표현을 통해 체계적으로 비판하고 있다.

3. 다양한 표현기교(表現技巧) 활용

인물대비(對比)와 성품(性品)대비, 등장인물의 언행(言行) 불일치(不一致)를 통해 당시 지식인들의 모순을 폭로하는 풍자(諷刺)수법, 인물간의 대화나 평론(評論)을 통한 등장인물들의 측면묘사(側面描寫), 외모나 성격 기분 말투나 태도 및 당시의 상황 등을 생동감 있게 그려내는 백묘(白描), 칠언율시(七言律詩)와 사(詞)를 이용한 인물과 상황묘사 등으로 소설의 진실성과 오락성을 동시에 갖추었다.

후대에 미친 영향

1. 청대(淸代)『홍루몽(紅樓夢)』에 영향을 줌

『금병매』는 사회의 최소단위인 전형적인 봉건(封建)가정 안에서 벌어지는 사건들을 서술함과 동시에 나아가 사회 전반적인 문제점을 다루고 있는데, 이는 청대 가정생활을 중심으로 사회전반에 걸쳐 세태를 풍자한『홍루몽』에 지대한 영향을 미치게 된다.

2. 인정(人情)소설의 시작

인정소설이란 등장인물 간의 대화나 심리 또는 상황 및 사건 묘사를 통해서 독자들이 인정미(人情味)를 느낄 수 있도록 하는 소설을 말하는데,『금병매』는 그간의 영웅적 전기(傳奇)나 신마(神魔)적 제재를 탈피하여 주변에서 흔히 접할 수 있는 사람들의 이야기를 중심으로 전개하는 인정소설의 시작으로 볼 수 있다.

3. 시대의 사회상(社會相) 반영

당시의 세태(世態)를 정확하게 짚어내고 생생하게 묘사해냄으로써,

뛰어난 심미(審美)의식과 표현기교가 부각된 '奇書(기서)'로 평가받고 있다.

4. 인간의 본능과 세속적 이익추구를 긍정적인 측면에서 해석한 양명학좌파(陽明學左派)의 자유사상과 일맥상통(一脈相通)하는 문학적 가치(價値)

명나라는 몽고족(蒙古族)이 세운 원나라를 무너뜨리고 건국하여 옛 한족(漢族)의 전통문화를 부활시키고자 하였기에, 이 시기의 사회 전반에는 의고주의(擬古主義)적 사조가 팽배하였다.

한편, 왕양명은 개인 양지(良知)의 자유를 제창한 양명학을 성립시키고, 이 사상은 양명학 좌파에 의해 더욱 발휘되는데, 그 핵심에 이지(李贄)라는 인물이 있었다. 이지는 약 1567년을 전후로 하여 활약하였는데, 유학의 공맹(孔孟)을 비판하여 사문난적(斯文亂賊 : 유가사상을 반대하는 인물)으로 몰려 감옥에 투옥되었고, 그 스스로 자결하였다. 그는 옛 예교(禮敎)에 강력히 반대하여 개인의 사상적 자유를 열렬히 추구하였고, 인간의 세속적이고 본능적인 욕망을 긍정적으로 바라보았다.

이러한 생각은 문예에도 큰 영향을 끼쳐, 원굉도(袁宏道) 같은 지식인은 전통 고전 산문에 도(道)가 아닌 개인적 감정을 실은 개성적인 작품들을 썼고, 소설이나 희곡 같은 대중 문예는 그동안 금기(禁忌)시 되어온 남녀 간의 자유로운 애정 표현 등 개인의 본능적이고도 세속적인 욕망이나 감정을 충실히 묘사하고 노래하였는데, 『금병매』는 바로 그 일단인 것이다.

21장

요재지이
(聊齋志異)

『요재지이(聊齋志異)』의 개괄

1. 청초(淸初)의 문어체(文語體) 지괴(志怪) 소설집

'지괴소설'은 괴이(怪異)한 일들, 즉 귀신(鬼神), 사람들의 기이(奇異)한 행동이나 환상(幻想) 등을 다룬 소설이라는 의미이다. 전(全) 16권, 총 495편의 설화(說話)를 수록하였다.

2. 중국 8대기서(8大奇書) 중 하나

앞에서 다룬 4대기서(4大奇書)에 『요재지이(聊齋志異)』, 『유림외사(儒林外史)』, 『홍루몽(紅樓夢)』, 『금고기관(今古奇觀)』을 보태어 '8대기서'라고 칭(稱)하기도 한다.

『금고기관』은 명말(明末) 포옹노인(抱甕老人)이라는 인물이 『삼언(三言)』과 『이박(二拍)』에서 40편을 선별해 편찬한 단편소설집인데, 이를 통해서 당시 서민들의 생활, 처세철학이나 윤리 등을 엿볼 수 있다.

『삼언(三言)』은 명말(明末) 풍몽룡(馮夢龍)이 집안에 진해져 내려온 송(宋)나라 때부터 명나라 때까지의 화본(話本)을 정리한 단편소설집으로, 『유세명언(喩世明言)』『경세통언(警世通言)』『성세항언(醒世恒言)』의 약칭이다. 『이박(二拍)』은 같은 시기 능몽초(凌濛初)가 『삼언』을 모방하여 만든 단편소설집으로, 『초각박안경기(初刻拍案驚奇)』와 『이각(二刻)박안경기』의 약칭이다.

3. 중국인들의 비인간세(非人間世)에 대한 가치관을 엿볼 수 있음

4. 聊齋(료재)는 저자 포송령(蒲松齡)의 서재(書齋) 이름

즉 소설 제목은 포송령이 기록한 기이(奇異)한 이야기라는 뜻인데, 이는 영화 『천녀유혼(倩女幽魂)』의 원작(原作)인 〈섭소천(聶小倩)〉을 비롯하여, 드라마나 동화(童話) 소설 등 거의 모든 예술 장르에서 끊임없이 응용(應用)하거나 재생(再生)되어 온 단편소설 500여 편(餘篇)을 수록한 단편소설집이다.

포송령(蒲松齡)

1. 포송령(1640~1715). 자(字)는 유선(留仙)이고 호(號)는 유천(柳泉)으로, 산동성(山東省) 치천현(淄川縣) 출신.

2. 명말(明末) 청초(清初), 병란(兵亂)과 재난(災難)이 잇따르던 시기에 청년기를 보냄. 불우(不遇)한 인생을 집필(執筆)로 토로(吐露).
  → 대시인(大詩人)이었던 시윤장(施潤章)은 "포송령의 붓끝에 신기(神技)가 어리고 글에서는 기이한 향내가 난다"고 평가하였지만, 부패가 만연하던 당시 과거제도(科擧制度) 하에서 포송령은 거듭 낙방(落榜)함으로써 정치참여를 통한 현실개혁의 뜻을 이루지 못하고 좌절(挫折)하고 만다. 결국 미친 사람으로 보일지언정 세속에 영합(迎合)하지 않고 자신의 신념을 지키며 집필에 몰두하게 되었고, 매혹적인 환상의 세계에 마음을 기탁(寄託)하여 현실에서 겪은 좌절이나 사회에 대한 불만, 울분(鬱憤)의 감정을 해소하고자 하였다.

대표 작품 소개 및 의의(意義)

1. 〈연향(蓮香)〉: 狐女(호녀)와 여자 유령이 한 청년을 둘러싸고 연적(戀敵)관계에 있다가 결국 모두 이세(二世)에 걸쳐 다시 인연을 맺는다는 이야기.

2. 〈영녕(嬰寧)〉: 인간들에게 위안(慰安)을 주는 현명한 狐女(호녀)에

대한 이야기.

3. 〈섭소천(聶小倩)〉: 세금 수금원 영채신(寧采臣)과 아름다운 귀신 섭소천의 애달픈 사랑 이야기.

→ 『倩女幽魂(천녀유혼)』이라는 제목으로 영화화(映畵化)되어 널리 알려진 작품이기도 하다.

4. 〈촉직(促織)〉: 궁중에서 귀뚜라미놀이를 즐김으로써, 귀뚜라미를 잡느라 고생하는 향리(鄕里) 서민들의 고통을 묘사한 이야기.

5. 〈석방평(席方平)〉: 과거 시험장의 폐단(弊端)이 저승에까지 미치고 있음을 신랄하게 비판.

6. 〈속황량(續黃粱)〉: 고급 관료의 악덕(惡德) 폭로.

7. 〈안씨(顔氏)〉, 〈황영(黃英)〉, 〈교나(嬌娜)〉〉, 〈청봉(靑鳳)〉: 봉건 예교(禮敎)에 정면으로 도전하는 남녀의 진실한 사랑을 묘사.

→ 이러한 작품들은 당시의 통념(通念)을 뛰어넘어 고귀한 품성과 재능을 지닌 여성상을 그려내고 있으며, 과감한 애정 표현 등도 거침없이 묘사하는 등 당시로서는 상당히 파격적(破格的)인 집필태도를 보이고 있다.

작품 특징

1. 고문(古文), 즉 문언체(文言體)로 쓰임.

2. 민간 설화에서 대부분의 題材(제재) 흡수.

3. 전기(傳奇) 및 지괴소설(志怪小說)의 특징 혼합.

→ 귀신이나 여우, 요괴(妖怪), 동물 등 개성이 뚜렷한 캐릭터의 빈번한 등장으로 강한 신화(神話)적 색채를 지니고 있을 뿐만 아니라, 이들을 통해서 인간 사회를 묘사함으로써 저승세계와 현실생활을 잘 융합시켜 기괴하고도 황당무계한 이야기 가운데에서도 인생철학을 피력하였다.

4. 대부분의 단편 이야기 끝에 평(評)을 달아 그 취지를 명백히 밝힘.

→ 예를 들어, 〈촉직(促織)〉의 마지막 부분에는 작가가 이야기를 통해 전하고
자 하는 의도가 명백하게 밝혀져 있는데, 다음은 그 일부를 발췌한 것이다.

이사씨(작자 스스로의 칭호)가 말하기를 : 천자는 우연히 한 가지 물건을
씀에 있어, 쓰고는 잊을 수도 있다. 그러나 밑에서 그 일을 맡아하는 자들
은 이를 제도로 정한다. 거기에다 관리들의 탐욕과 학대까지 가해지니 백
성들이 처를 전당잡히고 아이들을 파는 일이 끊임없이 생기고 있다. 그러
므로 천자가 한 걸음 한 걸음을 내디디는 것은 모두 백성의 생명과 관계
되는 일이니 홀시해서는 안 된다.

异史氏曰：“天子偶用一物，未必不過此已忘：而奉行者即爲定例。加以貪
官吏虐，民日貼婦賣兒，更无休止。故天子一踮步，皆關民命，不可忽也。

5. 청대(淸代) 사회의 암흑상 폭로 및 인본주의(人本主義)

→『요재지이』에는 당시 과거제도의 병폐를 규탄하고 어두운 세태를 풍자한
작품들이 많다. 하지만 이와 달리 결혼과 연애에 있어서 전통의 굴레를 타파
하려는 의지를 반영한 작품들이나, 인간의 불굴의 정신을 묘사하고 우정을
찬미한 인간 본연의 순수함을 담은 작품들 역시 많이 있기 때문에 인본주의
적 색채가 짙은데, 이는 시대정신의 반영이라고 볼 수 있다.

6. 진보적(進步的) 사상

→ 당시 보편적으로 받아들여지고 있던 봉건주의적 사상과 예교(禮敎)를 부
정하고, 순수한 남녀간의 애정을 지지하거나 남존여비(男尊女卑)사상을 강하
게 거부하는 적극적이고도 사회적인 여성상을 그려내고 있다.

7. 사실적 표현 구사(驅使).

→ 당시의 방언(方言)이나 속어(俗語)를 작품에 대량으로 삽입함으로써, 생생
한 현실감을 준다.

8.『초사(楚辭)』의 미학(美學)의식 계승.

→ 당시 사회의 암흑상을 폭로하는 현실주의 문학적 요소를 지님에도 불구하고, 독특한 언사(言辭)나 신기한 이야기, 몽환적(夢幻的)인 이미지 등 뛰어난 상상력과 독자(讀者)들의 흥미를 이끌어내는 미적 감수성(美的感受性)을 계승함으로써 낭만주의 문학으로도 평가되고 있다.

후대에 미친 영향

1. 중국 민족 문화와 민속(民俗)의 백과사전

당시 전해지던 전설(傳說)이나 설화(說話)들을 연구할 수 있는 민간(民間)의 보고(寶庫)일 뿐만 아니라, 명말(明末)과 청초(淸初) 격변기(激變期)를 겪는 민초(民草)들의 삶과 사회상(社會相)을 보여주는 사료(史料)로서의 가치가 매우 크다.

2. 중국 전통의 지괴(志怪) 및 전기문(傳奇文)의 중흥(中興)을 상징하는 지표(指標)

드라마나 영화 등 다양한 예술장르에서 응용(應用) 또는 재생(再生)되었을 뿐만 아니라, 이후 이러한 계통을 표방하는 작품들이 계속 나오게 된다.

3. 비판(批判), 풍자(諷刺)小說로서의 영향

『요재지이』는 지괴소설로서의 영향력이 지대했을 뿐만 아니라, 이후 『유림외사(儒林外史)』와 같은 현실 비판이나 풍자소설의 출현에도 일정한 조건을 마련해주게 된다.

22장

유림외사
(儒林外史)

『유림외사(儒林外史)』의 개괄

1. 장회체(章回體)로 쓰인 55회본(回本)의 구어체(口語體) 장편 풍자소설(諷刺小說)

과거제도(科擧制度)의 폐단(弊端)과 관료(官僚)사회의 부패상(腐敗相)을 적나라하게 폭로하고 비판하였으며, 또한 이상적(理想的)인 관리상(官吏相)을 제시하고자 하였다.

2. 중국 8대기서(8大奇書) 중 하나

작가 오경재(吳敬梓)는 탁월(卓越)한 풍자수법(諷刺手法)으로 이미 많은 독자층을 형성하고 있었다고 전해진다.

3. 유림(儒林)은 '선비 사회'라는 의미

제목의 유림은 선비 즉 지주(地主)지식인층을 지칭하고, 이 소설에서 다루는 내용이 마치 정사(正史)의 열전(列傳)과도 같기 때문에 외사(外史)라는 명칭을 붙였다. 외사(外史)는 일반적으로 재야(在野)에 있는 자가 남몰래 쓴 비공식적인 역사적 사실이라는 의미로 통용된다.

오경재(吳敬梓)

1. 오경재(1701~1754). 자(字)는 민헌(敏軒)이고 호(號)는 문목노인(文木老人)으로, 안휘성(安徽省) 전초현(全椒縣) 출신.
2. 반골정신(反骨精神)이 강함.

23세 때 수재(秀才)에 합격하였으나 벼슬길에 나아가지 않고, 부친이 돌아가신 후에 일족들이 재산을 둘러싸고 다투는 것을 목도(目睹)하면서 세상에 염증(厭症)을 갖게 되었다고 한다. 이때부터 그는 지배계급의 추악상(醜惡相)을 깨닫고 서민계층의 고충(苦衷)에 대해서 관심을 가지게 되었는데, 특히 정치적 암흑상(暗黑相)과 팔고문(八股文) 중심의 과거제도, 당시 제도나 예교(禮敎)의 허위성(虛僞性)에 대한 불만(不滿)이 매우 컸다. 이렇듯 세상의 모든 불합리에 비판적 태도를 견지하다가, 말년에 당시 과거제도를 중심으로 하는 폐단(弊端)과 인심(人心)의 간교(奸巧)함을 깨닫게 되면서 조소(嘲笑)와 신랄(辛辣)한 비판 방식으로 『유림외사』라는 명작을 짓게 되었다.

팔고문(八股文)이란 중국 명·청대(明·淸代) 과거(科擧)에 사용된 문체(文體)로, 제예(制藝) 또는 시문(時文)이라고도 한다. 팔고에서 고(股)란 대구(對句)로 글을 짓는 것을 지칭하는데 구체적으로 살펴보면 다음과 같다.

- **파제(破題)** : 제목의 뜻이나 의미를 설명
- **승제(承題)** : 제목의 부연 설명
- **기강(起講)** : 한 편의 강령을 서술
- **입수(入手)** : 본론으로 들어가는 부분
- **기고(起股)** : 본론의 근거를 제시
- **중고(中股)** : 본론의 핵심을 논술
- **후고(後股)** : 미진한 부분을 보충
- **속고(束股)** : 결론 부분

작품의 체제(體制)

열전(列傳)형식으로 구성

전체를 일관하는 줄거리는 없고 각각 독립된 이야기로 구성되어 있는데, 매 회(回)마다 학자나 관료(官僚) 등의 새로운 주인공들이 등장하여 그들을 중심으로 이야기가 전개된다. 등장인물은 실존인물을 모델로 삼았던 것으로 보이는데, 작자 자신도 두소경(杜少卿)이라는 가명(假名)으로 34회에 등장한다.

- 제1회 : 대의(大意)를 설명하고, 고사(故事)를 통해 현실과 대비되는 이상적 인간상(人間像) 제시.
- 제2~17회 : 과거시험과 관련된 여러 인간형(型)과 고사(故事).
- 제7~30회 : 저속(低俗)한 명사(名士)들 .
- 제31~43회 : 이상적인 유형의 인물들과 그들의 좌절.
- 제44~54회 : 부패한 사회의 암울함 묘사.
- 제55회 : 4명의 기인(奇人)을 통해 작자가 원하는 이상적인 사회 묘사.

작품 주제

1. 과거(科擧)제도 비판.
→ 과거제도를 통해 신분상승을 하고자 부패(腐敗)행위조차도 서슴지 않는 이들을 적나라하게 드러내고, 또한 과거제도에 희생된 지식인의 허위(虛僞)와 정신적 피해상황을 고발하였다. 다음은 소설의 내용 중에서 발췌한 한 대목이다.

  "예를 들면, 공자가 태어난 춘추시대 같은 때에도 '언행이 훌륭한 자를 뽑아서' 벼슬을 시켰지. 그래서 공자는 '말에 탈이 없고 행동에 후회가 없으면 녹(祿)은 자연히 그 속에 있다'고 하셨는데, 이는 바로 공자의 거업(擧業 : 과거에 응시하던 일)이지. (생략) 지금 만약 공자가 살아 계셨더라도 역시 문장을 공부하여 틀림없이 거업을 하였을 것이고, '말에 탈이 없고 행동에 후회가 없게 하라'는 말씀은 결코 하지 않으셨을 것이네."

소설 속에서, 작가는 이처럼 성공을 위해 자아해석이나 자기변호조차도 마다하지 않는 지식인들의 작태를 신랄하게 묘사하고 있다.

2. 사회 병폐(病弊) 고발.

3. 진보적(進步的) 사상 추구.

4. 이상(理想) 사회 추구.

작품 특징

1. 생동감 있는 백화문(白話文)과 적절한 언어 사용

당시 통용되던 구어체로 등장인물의 품성(品性)과 정신적 면모(面貌)를 입체감 있게 표현하였다.

2. 사회 어두운 면(面) 풍자

당시에는 갑작스런 경제구조 변화로 인해 무질서와 혼란이 가중되었는데, 이와 더불어 봉건통치에 반(反)하는 진보적인 사상도 출현한다. 작가는 이러한 경제적 사상적 배경에서 당시의 세태를 신랄하게 그려내고자 하였다.

3. 완곡(婉曲)하면서도 함축(含蓄)된 풍자

작가의 주관적 감정을 최대한 배제하고 객관적인 사실을 완곡하게 표현함으로써, 독자(讀者) 스스로 진실을 판단(判斷)하도록 배려하였다. 이제 소설의 한 단락을 살펴보자.

포묵경이 말했다 : "세 선생님들, 제가 풀기 어려운 문제가 있는데, 여러분께서 함께 생각해주십시오. 예를 들어 황 나리와 조 나리처럼 같은 해, 같은 달, 같은 날, 같은 시에 태어난 이들 가운데 하나는 진사에 합격하나 홀몸이고, 하나는 오히려 자손이 많고 화목하나 진사에 합격하지는 못했습니다. 이 두 사람 가운데 누가 좋겠습니까?" 우리는 그래도 이중에서 어느 쪽이 되기를 원할까요? 세 사람이 답을 못하자, 포묵경이 말했다 : "광 선생 얘기를 먼저 들어봅시다. 광 선생, 말씀해 보시죠." 광선생이 말했다 : "두 가지를 다 겸비할 수는 없지만, 제 미천한 생각엔 그래도 조 나리처럼 되는 게 좋군요." 모두들 함께 박수를 치며 말했다 : "일리 있군, 일리가 있어!" 포묵경이 말했다 : "공부를 하면 결국 진사에 합격해야 끝나는 법인데, 조 나리는 다 좋지만 진사는 되지 못했습니다. 우리뿐만 아니라 그분 자신도 마음이 편치 않은 것은 진사가 되지 못했다는 그 한 가지 때문입니다. 그런데 이제 또 급제하고 조 나리 같은 가정의 행복을 누리려 한다면 하늘도 허락지 않을 것입니다! 세상에 비록 이런 사람이 있긴 하지만, 우리가 지금 어려운 문제라고 설정해 두었으니, 두 사람 것을 다 이루고 싶다고 말한다면 어려운 문제가 아니지요. 지금 제 생각에는 진사에 합격하기만 하면 가정의 행복이 필요 없고, 그저 황 나리처럼 살기만 하면 되지 조 나리처럼 살 필요는 없다고 봅니다. 어떻습니까?" 지검봉이 말했다 : "그렇게 말할 수는 없지요. 조 나리가 비록 진사는 되지 못했지만, 지금 큰 아드님이 이미 학교에 들어갔습니다. 장차 아드님이 진사에 합격하면, 조 나리도 봉고의 품호를 받아 존경받게 되지요. 설마하니 아들이 진사가 되면, 본인이 진사가 된 것으로 볼 수 없단 말입니까?" 포묵경이 웃으며 말했다. "그건 또 그렇지 않습니다. 이전에 나이 지긋한 선생이 하나 있었는데, 아들이 이미 높은 지위에 올랐는데도, 본인은 여전히 과거 시험을 보려 하더군요……."

―17회 중에서―

浦墨卿道：“三位先生，小弟有個疑難在此，諸公大家參一參。比如黃公同趙爺一般的年，月，日，時生的，一個中了進士，却是孤身一人：一個却是子孫滿堂，不中進上。這兩個人，還是那一個好？我們還是愿做那一個？”三位不曾言語。浦墨卿道：“這話讓匡先生先説，匡先生，你且説一説。”匡超人道：“二者不可得兼，依小弟愚見，還是做趙先生的好。”衆人一齊拍手道：“有理，有理！”浦墨卿道：“讀書畢竟中進士是個了局，趙爺各樣好了，到底差一個進士，不但我們説，就是他自己心裡也不快活的是差着一個進士。而今又想中進士，又想像趙爺的全福，天也不肯！雖然世間也有這樣人，但我們如今既設疑難，若只管説要合做兩個人，就没的難了。如今依我的主意，只中進士，不要全福：只做黃公，不做趙爺，可是麼？”支劍峰道：“不是這樣説。趙爺雖差着一個進士，而今他太公郎已經高進了，將來名登兩榜，少不得封誥乃尊。難道兒子的進士，當不得自己的進士不成？”浦墨卿笑道：“這又不然。先年有一位老先生，兒子已做了大位，他還要科舉……”

－第17回－

4. 풍자소설의 백미(白眉)

풍부한 해학성(諧謔性)과 주제의식에 대한 일관적(一貫的)인 자세 그리고 객관적인 창작태도를 견지함으로써 뛰어난 풍자소설이라는 평가를 받고 있다.

후대에 미친 영향

1. 기존 문학경향에 있어서의 격식(格式) 타파

처음으로 지식인의 형상을 생동감 있고 선명하게 부각시킴으로써, 향후 소설의 소재나 제재 선택에 있어 새로운 지평을 열게 된다.

2. 후대 풍자소설의 발전에 지대(至大)한 영향

이후 등장하는 『이십년목도지괴현상(二十年目睹之怪現狀)』이나 『관장현형기(官場現形記)』, 『얼해화(孽海花)』, 『노잔유기(老殘游記)』 등은 모두 『유림외사』의 영향을 받았다.

23장

홍루몽
(紅樓夢)

『홍루몽(紅樓夢)』의 개괄

1. 청대(淸代) 총 120회(回)의 장편소설

90만 자(萬字)라는 방대한 분량과 500명의 등장인물들이 등장하는 중국 최고의 장편소설이다. 120회 중 80회본(回本)은 필사본(筆寫本 : 손으로 직접 쓴 책)으로 조설근(曹雪芹)이 쓴 것이고, 조설근이 죽은 후 미완(未完) 부분은 고악(高鶚)이 40회본을 써 완성시켰다.

2. 중국의 4대명저(4大名著)이자, 8대기서(8大奇書) 중의 하나

중국에서는 4대기서 중에서 『금병매(金瓶梅)』를 제외하고 『삼국지연의(三國志演義)』, 『수호전(水滸傳)』, 『서유기(西遊記)』와 더불어 '4대명저'로 꼽기도 한다.

3. 홍루몽(紅樓夢)의 의미는 여인의 허망한 꿈

홍루(紅樓)는 부유계층의 규수나 부녀가 거주하는 누각을 뜻하고, 꿈은 허망하다는 의미를 지닌다. 즉, 소설의 제목 '홍루몽'은 바로 여인들의 허망한 꿈으로 해석할 수 있는데, 실제로 소설의 등장인물들은 대부분이 여인들이다.

4. 만리장성과도 바꿀 수 없는 작품

영국에는 "셰익스피어는 인도(印度)와도 바꿀 수 없다"는 말이 있듯이, 중국에는 "『홍루몽』은 만리장성과도 바꿀 수 없다"라는 말이 있다. 또한 모택동(毛澤東)은 "『홍루몽』을 읽지 않으면 중국 봉건(封建)사회를 이해할 수 없다"라며 찬사(讚辭)를 아끼지 않았다.

조설근(曹雪芹)

1. 조설근(1719~1763). 이름은 점(霑)이고 자(字)는 몽완(夢阮) 호(號)는 설근(雪芹)으로, 강소성(江蘇省) 남경(南京) 출신. 본래는 유명한 귀족 출신이지만, 황위계승문제에 얽혀 가산(家産)을 몰수당한 후 10년간 심혈을 기울여 80회본의 『홍루몽』 완성.

→ 오늘날 학계에서는 일반적으로 『홍루몽』이 조설근의 자전적(自傳的) 소설이라고 보고 있다.

2. 은유법(隱喩法)으로 『홍루몽』 창작.

당시에는 많은 지식인들과 문인(文人)들이 문자옥(文字獄)에 연루될까 봐 글쓰기를 기피하여, 창작활동 자체가 크게 위축되었다. 따라서 진보적(進步的)인 내용을 다룬 작품들은 대부분 은유(隱喩)수법으로 쓰여졌는데, 『홍루몽』 역시 그러한 경향의 작품으로 볼 수 있다. 이 시기에는 봉건 명교(名敎)의 선양과 인과응보(因果應報)사상이 담긴 재자가인(才子佳人)의 연애(戀愛)를 다룬 소설이 성행(盛行)했는데, 조설근은 『홍루몽』 도입부(導入部)에서 이러한 문단(文壇)의 폐단을 지적하고 크게 비판한 바 있다.

문자옥이란 중국 청나라 때 일어난 여러 필화(筆禍) 사건을 통틀어 이르는 말이다. 문자적으로 풀이하면 어떤 이가 자기가 쓴 문자(文字), 즉 글로 인해서 감옥에 투옥되는 일을 이른다. 청나라는 만주족(滿洲族)이 세운 국가로 다수의 한족(漢族)을 효율적으로 지배하기 위해 여러 방안을 강구했는데, 그중에서도 한족 지식인의 언론과 사상을 통제하기 위한 수단이 바로 문자옥이었다. 강희제(康熙帝), 옹정제(擁正帝), 건륭제(乾隆帝) 삼대에만 무려 200번 이상이 일어났다고 한다.

줄거리

가세(家勢)가 점점 기울기 시작하는 가(賈)씨 집안에서, 옥(玉)을 입에 물고 태어난 가보옥(賈寶玉)은 가정적이며 건강한 설보채(薛寶釵)에 대해서도 호감을 가지지만, 총명하지만 병약한 그의 사촌 누이동생 임대옥(林黛玉)을 더 사랑하게 된다. 결국 가보옥은 집안의 계략으로 설보채와 마음에 없는 혼인(婚姻)을 하게 되고, 대옥은 보옥에 대한 안타까운 그리움 속에서 죽음을 맞이하게 되는데, 이에 인생무상(人生無常)을 느낀 가보옥은 사랑의 허무함을 깨닫고 출가(出家)한다.

작품의 의의(意義)

1. 문학적 의의

웅장하고도 치밀한 구성, 뛰어난 경물(景物) 묘사, 장문(長文)의 세밀하고도 생생한 전형(典型)적 인물형상 및 심리 묘사를 통해 인물의 정신적 면모를 깊이 있게 묘사한 점 등 전반에 걸쳐 타의 추종을 불허하였다.

2. 사회적 의의

중국 전통가정의 형태를 총체적으로 드러냄과 동시에, 남녀의 애정을 사회세태와 결합시킴으로써 이상과 현실을 융합한 점 등은 높이 평가할 만하나, 봉건제도의 비판에 있어서는 이를 완전히 부정하지 않고 오히려 연연해하는 태도를 취함으로써 다소 허무하고도 숙명론적(宿命論的)인 입장을 취했다.

대표 인물

1. 가보옥(賈寶玉) : 남자 주인공

귀족가정의 반역자로 봉건도덕의 범위를 벗어나 행동한다. 임대옥을 사랑하게 되면서 봉건환경의 벽에 부딪히게 되지만, 한편으로는 새로운 사상에 대한 희망을 지니게 된다.

2. 임대옥(林黛玉) : 진보적 성향의 여자 주인공으로, 가보옥의 사촌여동생

섬세하고도 염세적(厭世的)인 성격이지만 애정(愛情)을 최고의 가치로 여기는 병약(病弱)한 재녀(才女)이다.

3. 설보채(薛寶釵) : 보수적 성향의 여자 주인공으로, 역시 가보옥의 사촌여동생

건강하고도 현숙다정(賢淑多情)한 숙녀로, 봉건윤리사회(封建倫理社會)에서의 전형적인 여덕(女德)을 상징한다.

작품 특징

1. 다양하고도 풍부한 문체(文體) 사용

산문(散文) 위주이기는 하지만, 시사(詩詞)에서 변문(變文)에 이르기까지의 각종 운문(韻文) 형식과 심지어는 서예(書藝), 의학(醫學), 종교(宗敎) 등 거의 모든 지식과 예술이 종합적으로 활용되었다.

2. 평범한 언어로 수많은 등장인물들의 형상을 적절하고도 생동적으로 묘사

당시 북경(北京)의 구어(口語)뿐만 아니라, 아름답고도 세련된 문학 언어를 사용해서 정확하고 소박하면서도 다채(多彩)로운 느낌을 준다. 이제 소설의 한 단락을 살펴보자.

이 말을 들은 대옥은 반갑기도 하고 놀라기도 하며 슬프기도 하거니와 한숨이 나오기도 하였다. 반가운 것은 과연 자기의 안목이 과연 틀리지 않았다는 것이다. 평소 보옥을 지기로 믿었는데 과연 지기였다. 놀란 것은 보옥이 사람들 앞에서 사심을 갖고 나를 칭찬하는데, 그 친밀한 정도가 뜻밖에도 남의 혐의를 꺼리지 않을 정도였다. 한숨을 지은 것은 보옥이 나의 지기이니 자연히 나도 그의 지기가 될 수 있지 않겠는가? 보옥과 내가 지기인데 또 하필 금와 옥의 연분에 대한 일설이 있는 것인가? 금과 옥의 일설이 있다면 보옥과 나 사이에 있어야 할 것인데, 왜 하필 보채가 왔는가? 하는 것이다. 슬퍼한 것은 부모를 일찍 여의어, 비록 마음과 뼛속 깊이 새겨둔 말은 있어도, 누구 하나 나를 위해 주장해줄 사람이 없다는 것이다. 하물며 요즘은 매번 정신이 혼미해짐을 느끼고, 병세도 점점 더 해지는데, 의원이 더욱이 "기가 약하고 피가 부족하여 결핵으로 번질 수도 있다"고 하였다. 내가 비록 그대의 지기이지만, 오래 견디지 못할 듯 하고; 그대가 나의 지기이지만, 내 박한 운명을 어찌하겠는가!

―32회 중에서―

黛玉聽了這話, 不覺又喜又驚, 又悲又嘆。所喜者：果然自己眼力不錯, 素日認他是個知己, 果然是個知己：所驚者：他在人前一片私心稱揚于我, 其親熱厚密, 竟不避嫌疑：所嘆者：你旣爲我的知己, 自然我亦可爲你的知己, 旣你我爲知己, 又何必有"金玉"之論呢?旣有"金玉"之論, 也該你我有之, 又何必來一寶釵呢?所悲者：父母早逝, 雖有銘心刻骨之言, 無人爲我主張：況近日每覺神思恍惚, 病已漸成, 醫者更云："氣弱血虧, 恐致勞怯之症。"我雖爲你的知己, 但恐不能久待：你縱爲我的知己, 奈我薄命何!

―第32回―

3. 낭만주의(浪漫主義)와 사실주의(寫實主義)의 연결

남녀의 사랑이라는 낭만적 주제에 작가가 직접 경험한 당시 생활을 진실하게 반영하였는데, 이는 『금병매(金瓶梅)』가 당시 사회현상(現像)의 본질을 드러낼 수 없었던 한계를 극복한 것으로, 객관적 묘사를 통해 자신의 이상(理想)과 감정 및 비판의식을 관철하였다.

후대에 미친 영향

1. 사실주의 문학의 성과

후대 문학에 풍부한 소재(素材)와 예술적 경험을 제공하게 된다.

2. "홍학(紅學)"으로 발전

청말(淸末)부터 전문적으로 『홍루몽』을 연구하는 독립된 학문이 형성되었고, 마르크스의 유물론(唯物論)적 관점에 의한 『홍루몽』 연구도 이루어지고 있다.

3. 후속작(後續作)들의 대거 출현

이후 『후홍루(後紅樓)』, 『홍루보(紅樓補)』, 『홍루부몽(紅樓復夢)』, 『홍루원몽(紅樓圓夢)』 등 『홍루몽』의 뒷부분이라고 자처(自處)하는 작품들이 대량으로 쏟아져 나오게 된다.

지은이_**안성재**

건국대학교 중문과 문학사
북경대학교 중문과 문학석사
북경대학교 중문과 문학박사
현 인천대학교 중국학연구소장 겸 기초교육원 외국어영역 주임교수

저서 및 논문
설청사일체 종합편/발음 · 기본편(어문학사, 2010)
중국어, 드라마를 만나다1, 2(다락원, 2008)
中國語文學志 제33집 老子의 "說得論理" 試探(2010)
中國學 34집 "賦詩, 引詩"를 通한 [三百] 認識 再考(2009)
中語中文學 제43집 [詩經, 國風]之 "風" 再辨析(2008)
修辭學 제8집 "比, 興"과 "顯, 隱" 關係 考察(2008)

중국고전입문

초판 1쇄 발행일 2011년 4월 4일

지은이 안성재
펴낸이 박영희
편집 이은혜 · 김미선 · 성소연
표지 강지영
책임편집 강지영
펴낸곳 도서출판 어문학사
　　　　132-891 서울특별시 도봉구 쌍문동 525-13
　　　　전화: 02-998-0094/편집부: 02-998-2267
　　　　홈페이지: www.amhbook.com
　　　　e-mail: am@amhbook.com
　　　　등록: 2004년 4월 6일 제7-276호

인 지 는
저 자 와 의
합 의 하 에
생 략 함

ISBN 978-89-6184-124-5 93820
정가 15,000원